アルバイト・アイ

命で払え

大沢在昌

角川文庫
17966

目次

アルバイト・アイは高くつく

1

ゴールデンウイークといったところで、どこで何をした、という覚えがあるわけではない。しかし終わってしまうと、夏休みまで当分、長い休みがないわけで、適度な不良高校生であることを心がけている僕としては、どうも気がのらない毎日が続くことになる。

そんなわけで、金曜の夕方なれど、麻雀荘《ジャンそう》へ行こうだの、茶店《さてん》で不良有名女子高生をナンパしようだのと誘う、御学友をふりきった僕は、地下鉄を広尾で降り、六本木に出る連中にバイバイをした。

明るい陽ざしの中をぶらぶらと我が家に向けて歩いていく。

都立中程度高校の二年生としては、そろそろ大学受験が、壊れかけのラジコン飛行機のように、頭の中をぶんぶん飛び回ってはいる。もっとも、一流商社やら最先端マスコミ関係に強い興味と憧《あこが》れを抱いているわけではないからして、己れに見合ったランクの大学に行くことができれば、まあ、そこそこの幸せというわけだ。

思うに、僕がこんなしまりのない学生生活を送るようになったのは、我が父、冴木涼介《さいきりょうすけ》の、どうもならんモアッとした性格に起因しているのではないだろうか。

だいたいが父親のくせに息子への教育義務を感じているとは思えない輩《やから》だ。いや、社会人としての義務感を抱いているかどうかすら怪しい。

普通、高校生ともなれば、自分の父親の商売が何で、先行きにどれほどの可能性を持ち、経済力がいかほどであるか把握しているのは、ジョーシキである。

それが僕にはない。

断じて僕の責任ではない。

どうも親父の涼介は、僕を息子ではなく、単なる同居人だと考えている節がある。

そう思い始めたのが、我が小学校四年生の折り。それ以来の〝家族不信〟が僕にはある。

ところが、その家族が、親父以外、僕にはいないのだ。

母親は、死別、ということになっている。証拠はない。父、涼介の言葉だけだ。逃げられたのではないか——しばしば思うことだ。僕にはまったく、母親の記憶がない。写真すら我が家には残っていない。

第一、ものごころついた頃から、我が家には、僕以外誰かがいた、という例《ため》しがない。

僕が中学二年のときに、親父はそれまでの勤めをやめた。それが何であったか、正直いって、僕はよく知らない。

その頃、本人に仕事を訊《き》いても、まともな答えが返ってきたことはなかった。訊くたびに返事がちがう。

いわく、

「商社マン」

「フリーのルポライター」

「オイルビジネスマン」

「シナリオライター」

「行商人」

あげくの果ては、

「秘密諜報員《ちょうほういん》」ときた。

がっくりきた。チョーホーイン。何と古めかしい言葉だろうね。せめて、エージェントとか、いいようがあるだろうに。

そのとき、僕は思った。

(ああ、俺の親父は典型的な社会不適合者だ)

こうした場合、ひとりきりの時間が多い子供の辿《たど》る成長過程は決まっている。

先輩の不良学生→ボーソー族の集会参加→ソリコミ、ツッパリ→退学→極道。

または、
ひとりきり→テレビ熱中→パソコン→アニメ→典型的ネクラ。

そのどちらにもならず、適度な不良性を維持している僕は、何と立派な若者ではないか。

スポーツも愛し、勉学も適度に励む。クラブ活動こそ、先輩との折りあいが悪くて

(早い話、ボクシング部なのだけれど、下級生が上級生より強くてはまずいのね。二流の都立高校にも、こうした社会の縮図はあるわけよ)、やめてしまったけれど、まあそこそこには明るく、健全に生きているわけだ。

ぺったんこに潰《つぶ》した鞄《かばん》を背中にしょって、たらたらと歩いているうちに、僕は、住居である、広尾サンタテレサアパートに辿りついた。

長たらしい名前の「サンタテレサ」というのは、架空の地名。大家であり、一階でカフェテラス『麻呂宇《まろう》』を経営する圭子ママの趣味で名付けられた。

ただし、サンタテレサアパートは、僕も気に入っている。三年前に、資産家である夫に先だたれた圭子ママがその屋敷跡に建てた代物だ。設計は、アメリカ人の建築デザイナーが担当したとかで、建物には、日本ばなれしたバタ臭い雰囲気が漂っている。

十階建て、一階四部屋の各室は、すべてが洋式の間どり、早い話が靴を脱がなくても部屋に上がれてしまうのだ。

今はこうしたタイプが超人気とかで、空室待ちの横文字商売人が、不動産屋のリストに載るくらいいるらしい。彼らは、コピーライターだのイラストレイター、スタイリストだので、収入の途《みち》もばっちり開け、多少家賃が高かろうと、サンタテレサアパートに住むのを、ひとつのステイタスと見なしているそうだ。

ところが、三年前、できた当初からの店子《たなこ》である我が家は、家賃滞納常習犯とはいわぬまでも、特別優待店子で、家賃も他の入居者の半額、しかも『麻呂宇』での飲み食いが、あるとき払いの催促なしでツケがきく、という優遇ぶりである。

その理由はふたつ。

三年前、それまでの、何だか知らないが社会に寄与していたとはまったく疑わしい仕事をやめた親父が始めた、新商売が理由その一。

サンタテレサアパートの二階、『麻呂宇』の洒落《しゃれ》た天幕《マーキー》の上に、これだけは値をかけた、筆記体のネオンサイン。

SAIKI INVESTIGATION
インヴェスティゲイションの意味がわからない間抜けが、ときおり、エアロビクス教室だの、アスレチックジムだのとまちがえてやって来る。

つまり探偵事務所。

三DKの、八畳洋間が親父の事務所になっている。残るふたつの六畳が、親子が分けあう生活空間。

『麻呂宇』のママは、ミステリー、それもハードボイルドマニアで、どうしても店子に私立探偵《プライベートアイ》が欲しかったというわけだ。

理由その二は、父、涼介にある。息子の僕からいっては何だが、性格破綻《はたん》者の割に、これが見てくれだけは悪くない。

身長が百八十あり、三十九歳としては（つまり二十二で僕の父親になったわけだ。このあたり、僕の優良性を考え併せても、実の親子であるか、はなはだ疑わしい）スマートで無駄のない体型をしている。筋肉質の体も、マジで鍛えた時期があったことを物語っている。

ただし我が家は、親子間の意見の食いちがいを武力解決した歴史がないので、実際の、あの人の戦闘能力を僕は知らない。

顔は——ヒゲの似あう男をお好みの向きなら、魅力を感じないこともないはずだ。それ以上ほめたたえることは、その性格を知る身としては、ちとつらい。

大家である圭子ママは、どうもヒゲの似あう男が嫌いではないようだ。思うに、ハンフリー・ボガート（屈折していなくとも、私立探偵の息子にはこの程度の知識がある）はあまりヒゲを生やしていなかったはずだが、ヒゲの似あう私立探偵に、彼女はより惹《ひ》かれる傾向があると見た。

父、涼介の方は、というと、その優遇を甘受している割には、ストイックな姿勢を崩していないらしい。

これは決して親父が全女性に対してストイックだからではない。それどころか、あやつが僕の家庭教師である麻里《まり》さんを密《ひそ》かにつけ狙っていることをも、僕は知っている。

要するに、親父は、今の生活状態に満足し、圭子ママとならぬ仲になることによって生じる変化を望んでいないだけなのだ。それを予測する程度の頭《ベテン》は有しているのだ、あの好色親父。

僕は鞄をしょったまま、『麻呂宇』のガラス扉を押した。『麻呂宇』はカウンターと、四つのボックス席から成る店で、カウンターは、圭子ママの古くからの知りあいだという、クリストファー・リーそっくりの老バーテンダー、星野さんがぴかぴかに磨きあげている。

この星野さんか圭子ママの手になる食事を、最低、一日に一度は、僕は胃袋におさめている。

十年以上の男所帯なれど、僕は親父と自分双方の料理の才能に、みじんの疑いも抱いていない。信頼できない、という点で。

「おかえり、隆《りゅう》ちゃん」

カウンターにかけ、左手にマニキュアを施していた圭子ママがいった。

年は親父よりひとつかふたつ上で、日がな一日化粧に凝りまくる点をのぞけば、見てくれにも性格にも、さほど難はない。

ときおり、年齢を考えると大胆に過ぎるのでは、というファッションを身につけることはあるが、それとても御愛敬である。

「どうかしら、この色。涼介さんの好みかしら」

ママは、塗り終えたばかりの爪をかざして僕に訊《たず》ねた。

「いささか過激」

世渡りを重んじる僕としては、紫色に塗られた爪を見ても、その程度の反応で留《とど》めて、カウンターに腰をおろした。

店内には、僕が貸した「ワム!」のサウンドが流れている。他に客は、今風アーパー女子大生が四人、今夜の作戦を窓ぎわで練っているだけだ。

「星野さん、腹減っちゃった。何か作ってよ」

ひょろりとした長身にチェックのヴェストが似あう星野さんは、にこりともせずに頷《うなず》いた。この人がモーニングを着た姿は、まちがいなく、ネクラホラーファンに受けるだろう。何しろシブい。

犬歯の先を尖《とが》らせれば、ドラキュラ伯爵の復活まちがいなしである。第一、顔も、白系ロシア人の血をひいているとかで、おそろしく彫りが深い。

伝え聞くところ、近所にある某有名女子大には、この星野ドラキュラ伯爵ファンクラブがあるという。

その星野さんがキッチンカウンターの下から、おごそかな手つきで皿を取り出した。

「そう隆さんがおっしゃるだろうと……」

僕は身をのり出した。

「焼きおにぎり、作ってあります」

2

伯爵の作ってくれた焼きおにぎりを平らげると、僕はアイスコーヒーを頼み、圭子ママのマイルドセブンを拝借して一本つけた。

ちなみに、我が冴木家では、親父の目前をのぞけば、喫煙、飲酒はＯＫである。これも、あやつの教育に賭《か》ける情熱の低さを物語っている。

「そういえば……」

マニキュアの次は、ファウンデーションによる皺隠しに取りくんでいた圭子ママが、コンパクトから顔を上げた。

「さっき、例のマリさんとかから電話があったわよ。何でも都合で今日、来られなくなったからって」

僕は舌打ちした。例の、といういい方には、ママの微妙な感情がこもっている。即ち、我が冴木家に親しい女性は、ママの他には、家庭教師の倉橋麻里嬢しかいない。ママにとっては挑戦者なのだ。

麻里さんは、二十で、僕より三歳上の女子大生だが、決してアーパーではない。それどころか、バックボーンばりばりが通っている。

何せ、元女暴走族のアタマを張っていたくらいだ。教育の場では、なめた口をきこうものなら、即座にキツい一発が横っ面に飛んでくる。

元族とはいえ、有名ブランド女子大ではなく、立派な国立大学法学部生である。しかも、浅黒く焼けた肌と、ひきしまるべきところはひきしまり、出るべきところは張り出したその肉体、及び、猛犬ならぬ猛猫を思わせるお顔に、実のところ僕はかなり参っている。

男女共学、男女交際の盛んな我が高校で、適度な不良性を持続する僕が、仲間うちで唯一、ステディを持たないのは、彼女に起因するところが大きい。

童貞とおさらばしてようやく二年になるが、麻里さんとイタすことが、今や唯一の我が望みである。

無論、ケほどもその望みを彼女に感づかれることあらば、厳しい制裁処置が待っていることはわかっている。

それを知ってか知らずか、我が涼介親父が最近、妙に麻里さんに接近遭遇し、麻里さんもどうやら満更ではない様子で、このままでは接近遭遇が、接近挿入になりかねないと、ひたすら危惧《きぐ》する毎日。

それゆえに、毎週金曜日の授業日で、涼介親父が不在の今日は、何とか接近から接吻《せっぷん》をと、狙っていたのだ。

実のところ、悪友と別れてまっすぐ帰って来たのも、それが一番の理由だった。

「がくーっ」

ひとり寂しく呟《つぶや》いて、僕は煙を天井に吹き上げた。

こうなればヤケになって、ディスコにでもくり出し、アーパーサーファーでもひっかけるか——胸の裡《うち》で呟いた。別にステディがいなくても、御用とお急ぎと月よりの使者でない限り、つきあっていただける女子《おなご》のリストのひとつやふたつ、この冴木隆くんは生徒手帳の間にはさんでいる。

親父もいないことだし、そのあたり電話を入れて、我が家でささやかな愛欲パーティでも開こうか。

どちらがいいかな……思案した僕は、腕時計をのぞいた。

午後四時四十分。ディスコにはちと早い。

そのときだった。

「いらっしゃあい」

圭子ママが華やいだ声を上げた。年には似あわない、盛りのついた声だ。

(危《やべ》え)

ママがあんな甘ったるい声を出す相手はひとりしかいない。僕は煙草を灰皿に押しつけた。

案の定、涼介親父だった。こちらも、年甲斐《としがい》もないコットンパンツに白いTシャツを着け、フードつきのヨットパーカーの袖《そで》をまくっている。

「おい、非行少年、喫煙現行犯で補導するぞ」

涼介親父はいって、僕の隣に腰をおろした。

「きたねえ。それ、俺のヨットパーカーじゃないか」

「着るもんがないんだ。借りるぜ」

「洗濯して返してくれよな」

僕は口を尖らせた。

「かわりに煙草一本、見逃してやる」

これだ。まったく親とは思えない発言。

「どうしたんだよ、用事があったんじゃないのか。職安行って失業保険もらって来るとか」

僕は、そのとぼけた表情に嫌味のひとつもいってやりたくなっていった。

「まあ、そんなことといって。涼さん、今、おいしいコーヒーたてるわね」

ママが僕をにらみ、いそいそとカウンターの中に入る。伯爵が僕と目をあわせ、そっと肩をすくめた。

圭子ママが商売熱心になるのは、商売にならない客ばかり。早い話、『麻呂宇』が僕の待遇をよくするのも、涼介親父がママにとっての「将」で、僕がその「馬」であるからに他ならない。

「どうしたの、涼さん。依頼人は来た？」

「聞いて呆《あき》れらあ。この人には労働意欲が皆無なの。このあいだも、旦那《だんな》の浮気調査を頼みに来た、どっかの成り金おばさんを、『うちは犯罪事件以外の調査はやりません』て追い返したんだぜ。二週間ぶりの依頼人だってのに」

「いいのよ、隆ちゃん。男には、守らなければならないプライドがあるのだから」

ママはどっかで聞いたようなセリフを持ち出して親父を弁護した。当の本人はといえば、すっとぼけた面で鼻毛を抜いている。

「まったく、ハードボイルドのカケラもないね」

「そういやリュウ、今日は金曜日だったな」

「都合で来られなくなったんだと」

僕がいうと、親父はつまらなさそうに頷いた。おおかた、麻雀屋にでもしけこんでいたのが、麻里さんの来る日であることを思い出し、慌てて帰って来たにちがいない。

自分と同じ失望を、別の人間が味わうのを見るのは悪い気分じゃない。

僕は少しばかり気をよくして、アイスコーヒーのストローをくわえた。こんな不良中年に、麻里さんをとられてたまるかっての。

コーヒーを飲み干した僕は立ち上がった。

「どこへ行くんだ?」

ママが淹《い》れたデミタスを前に、涼介親父はのんびりと訊《たず》ねた。

「勉学、勉学。あたしはまだ若き身ですからね」

僕はいって、親父のペルメルを一本ひっこぬいた。

「これはヨットパーカーの貸し賃」

それを耳にはさんで『麻呂宇』の出口に向かった。

「わかんねえことあったら教えてやるぞ」

「冗談。俺は三年で高校を卒業したいの」

いい返して外に出た。もっとも、こと外国語に関しては、確かに認めるところはある。

よく知らんが、昔、『麻呂宇』に来たドイツ人に道を教えてやったり、ロシア語で書かれた伯爵のおばあちゃんの手紙をすらすら訳したり、ときおり英字版の『ニューズウィーク』なんぞを読みふけったりしているのを見たことがある。

おそらく、前身は密輸か何かを商売にしておったのではないだろうか。

ま、密輸屋と私立探偵、どちらもたいしたちがいはないか。

こちとら、いつ親父が牢屋《ろうや》に入れられても驚かない覚悟だけはできてる。

『麻呂宇』の裏手にある階段を使って、僕は二階に昇った。

ネオン文字と同じ字体で書かれた「冴木探偵事務所《サイキ・インヴェスティゲイション》」のドアを開ける。

スティールの重いドアを引いたとたん、親父が愛用している、古臭いロールトップデスクの上の電話が鳴っているのに気づいた。

留守番電話が作動していないところをみると、今かかってきたばかりにちがいない。

僕は鞄《かばん》を、使いもしないのに置いてある帽子かけにひっかけ、受話器をすくい上げた。

「はい、冴木探偵事務所」

親父の仰せつけ通り、声を二オクターブばかり落として返事する。

「あ、隆ちゃん。よかった、帰ってたのね」

やれ嬉《うれ》しや、流れてきたのは麻里さんの声だった。

「どうしたの、都合って」

僕は耳から口にペルメルを移し、これも親父愛用の古めかしいロンソンのライターをつけた。

「煙草吸ってる。涼介さんにいいつけるから」

「これは、そのリョースケさんからの戦利品」

「じゃしようがない。涼介さんは？」

「生徒は僕だよ、先生」

「あたしが今話したいのは、不良高校生じゃなくて、不良中年」

「『麻呂宇』にいるぜ」

「そっか。上に上がって来る？」

「やがてはね。ことム所以外、行くとこないだろうし」

「実は相談したいこと、ううん、依頼したいことがあるの」

「仕事？」

「そう。依頼人は、あたしじゃないのだけれど」

「急ぎ？」

「ちょっとね。友達がさ、ヤバいんだ」

麻里さんの声にかげりがさした。元族の彼女がこんないい方をするときは、本当にヤバいケースだ。

「わかった。上に呼ぼうか」

「三十分したら、依頼人と一緒に行くわ」

「了解」

電話を切って『麻呂宇』にダイヤルした。麻里さんは、親父の〝仕事の趣味〟を知っている。その上で連れて来る依頼人なのだから、犯罪がらみにちがいない。

親父に麻里さんの用件を伝え、上がって来るようにいうと、キッチンに行き、コーヒーメーカーのスイッチを入れた。

麻里さんに、依頼人を連れて『麻呂宇』に行け、という手もあったが、親父から麻里さんを遠ざける牽制《けんせい》策が、広尾サンタテレサアパートから冴木家を遠ざける牽制策にも発展しかねないことを考慮したのだ。

圭子ママの機嫌において、親子の利害関係は一致してしまうわけね。

本当、生活能力の乏しい親父を持つと、息子は気配りがきくようになる。

3

きっかり三十分後、ジーンズとトレーナーに着替えた僕が窓から下を見おろしていると、濃紺のBMW633が『麻呂宇』の前に駐《と》まった。

麻里さんと男が一人、降りて来る。麻里さんは、赤の超ミニスカートにVネックのトレーナー、よく焼けた素脚に、ローマ人の奴隷がはいたようなサンダルを巻きつけている。

僕は愛用のモーニングカップから立ち昇るフレンチローストの香りを楽しみながら、その見事なあんよを鑑賞した。我が愛するマシン、NS400Rのうしろに乗っけて、どこか異国へまでかっ飛びたいものだ。

男は三十代後半、親父と同じか、ちょい下くらいで、育ちの良さが匂いたっている。へたすりゃ幼稚舎、悪くても塾高出身と見たね。

短い髪も、こざっぱりしたグレイのスーツにウイングチップの靴も、どこを叩《たた》いてもケイオー、の響きが返ってくるって手あい。

趣味はゴルフとテニス、それに冬場はスキーといったところだろう。こっちもよく陽に焼けている。

彼らが階段の方角に向かうのを見届けて、僕は背中をあずけていた壁を蹴《け》っとばした。涼介親父は上に上がって来るが早いか、欠伸《あくび》をひとつ洩《も》らして、自室のベッドに寝ころがっていたのだ。

カップを勉強机の上に置き、僕は親父の部屋のドアを開けた。

熱帯植物園かと見まちがうほどの緑の中に、親父愛用のキングサイズベッドがある。親父はこちとらの在、不在関係なく、そのベッドで幾多の女を泣かせたことか。

「お客だよ、とうちゃん」

着のみ着のままでひっくり返っていた涼介親父はむっくりと鎌首をもたげた。

「調査料出そうか」

「ＢＭＷ。お母様はザーマス言葉を使うと見たね」

「おまえの、客を見る眼にはまちがいないからな。どれ……」

ヒゲをこすって親父は立ち上がった。僕はドアを閉め、麻里さんとお客のためにコーヒーを淹れた。

ドアチャイムが鳴り、麻里さんが先に立って入って来た。

「いらっしゃい。所長は今来ます。奥で資料の整理中でして」

僕は二人に来客用の応接セットを勧め、コーヒーを置いた。

「おそれいります」

男は、礼儀正しく答えて頷《うなず》いた。麻里さんがおかしそうに僕を見る。

「お待たせしました」

奥を見られないように、ドアを細めに開け、親父が姿を現わした。

コッパンはそのままで、紺のブレザーをＴシャツの上に羽織っている。どう見たって探偵というよりは、どこかのヨットハーバーのマスターだ。

親父は男が立ち上がると、僕を見やっておごそかにいった。

「御苦労、資料室の方で待ってなさい」

資料室――僕の部屋にいたって、話はちゃんと聞こえる。

僕はお客に一礼すると自分の部屋に入り、室内インタホンを耳にあてた。

「私、宗田《むねた》と申します」

名刺を取り出す気配があって、男がいった。

「私が所長の冴木涼介です」

「あの、さきほどの方は……」

「助手《アシスタント》です。といっても使い走り程度ですが――」

営業用には、私立探偵である親父には家族がいないことになっている。その方が客にいいといい出したのは『麻呂宇』の圭子ママだ。

「お話をうかがいましょう」

ロールトップデスクの前の革椅子に涼介親父が腰かけていった。イカれかけたスプリングが悲鳴を上げるので、すぐにわかる。

「実は――」

「あたしから――」

宗田と麻里さんの声が交錯した。ちょっと沈黙があって、麻里さんがいった。

「初めは、あたしから話します。その方が、宗田さんも、いいでしょう」

「お願いします」

僕は通学鞄《かばん》を開けてマイルドセブンを取り出した。依頼人の話に耳を傾けるときは、ニコチンで頭を明晰《めいせき》にしておかなければならない。

「あたしの高校時代の友達でマイっていう娘《こ》がいるんです。桜内舞《さくらうちまい》。実家は東京なんだけれど、短大に行くようになってから、親とは別居して、青山のアパートに住み出したの。で、アルバイトに六本木のミニクラブに勤めるようになって。そこで宗田さんと知りあったというわけ」

「結婚してらっしゃいますな、当然」

涼介親父が優しい声でいった。

「は、はい。私どもの会社はさほど大きくはないのですが、半導体を扱っておりまして、業界でのシェアは割と大きいのです。私は、社長の一番下のお嬢さんを、十年前にいただきました」

「奥様は年上でらっしゃいますか？」

「どうしてそれを!?」

「わかるものです。こうした仕事を長年続けておりますと」

何がわかるものですだ。舞ちゃんなら、前に一度、麻里さんと四人で六本木のカフェバーに飲みに行ったことがある。とっぽいけれど、色っぽくて、男が好きそうな娘だった。もし僕が童貞だったら、〝教えていただきたく〟なっちゃいそうなタイプだ。

「つまり愛人というわけ。でもけっこう舞もマジに愛人やっていたの。それが三日前から行方がわからなくなって、宗田さんがあちこち捜していたら、電話がかかってきたっていうのよ」

麻里さんが話を宗田に渡した。

「若い男の声で、舞を預かっている、五体満足に返して欲しければ、五千万用意しろというのです」

「それで……」

「五千万もの大金を妻に内緒で用意することはとてもできません。ゴルフの会員権を売れば一千万くらいならどうにかできますが」

「なるほど」

「そういいましたら、奥さんや警察に知らせられないことはこちらにもわかっている。また連絡するといって切れたんです」

「電話はどちらに」

「私の車です」

僕は唸《うな》った。なるほど考えたものだ。自動車電話なら、奥さんや会社の人間に聴かれる心配はない。

「それはいつのことです?」

「昨夜でした。舞のアパートに寄ってみて、まだ帰っていないことを確かめ、世田谷《せたがや》の自宅に戻る途中です」

「涼介さん、どう思う?」

「その前に――。宗田さんは、どうなさるおつもりです? 警察に届けるか、それとも身代金を払うか」

「五千万などという額は、先ほどもいいました通り、とても私には揃えられません。何とか折りあう額にまでひきさがれば、舞を取り返したいのですが……」

「払うつもりはある、ということですね」

「ええ」

「それで私には何を？」

「舞が私の恋……愛人であることを知っている人間でなければ、今度の誘拐はできません。また逆に考えれば、たとえ金を払って舞が戻ったとしても、また同じことが起きないという保証はありません。ならばいったい、犯人が何者なのか、警察につき出せないとしても、知っておきたいと思いまして」

このおっさん、金持なだけじゃなく、馬鹿でもないようだ。僕が思っていると、麻里さんがいった。

「駄目よ、宗田さん、そんな弱気じゃ。涼介さんに、舞を取り返してもらうのよ」

「しかし、それで舞に万一のことがあっては……」

「宗田さんのおっしゃる通りだ、麻里ちゃん。彼女の身柄が誘拐犯の手にあるとしたら、うかつなことはできないよ」

親父が珍しくまともなことをいった。

「ところで電話がかかったとき、舞さんの声を宗田さんは確認したのですか？」

「いえ、さすがに動転してしまって」

「では次のときは必ずそうして下さい」

「それじゃ引き受けていただけるのですか」

「依頼料は初めに二十万、基本料金です。それで二日間。長びく場合は一日四万と必要経費をいただきます。無論、秘密は厳守します。ただし、もし私が、宗田さんに身代金をお支払いさせることなく、舞さんを連れ戻した場合は、お考えになっていた身代金の十パーセント、百万を特別ボーナスとしていただけますか？」

親父も意外にしっかりしている。

「それは勿論《もちろん》……」

「では契約成立です。もし必要なら、何枚かに分けて、日付もずらした領収証を発行しますが——？」

このあたり、セコいね。

「それはいりません。ですが本当に……」

「それより、もうひとつおうかがいしたいことがあります」

「何でしょう」

「お勤め先では半導体を扱ってらっしゃるとうかがいましたが、納品先は主にどちらですか？」

「それが何か、今度のことに」

「金を払えないのなら物《ブツ》をよこせ、というケースもありますからね」

「………」

宗田は絶句したようだ。

「し、しかし、それは……」

「家電メーカーが何社かと、それに、特殊製品を重工会社に」

「どちらです」

「どこの重工です？」

「M、M重工です」

「すると軍需製品ですな」

「そんな。軍需といっても、単なる部品ですから」

「わかりました。何にせよ、誘拐犯から電話があったら、必ずこちらに連絡をして下さい。留守番電話でもけっこうです」

「はい、必ず。それでは私は、会社に戻らなくてはなりませんので」

札入れを出す気配。どうやら、冴木家は、今月のところは、破産宣言を受けなくてもすみそうだ。

麻里さんが残り、宗田が出て行くと、僕はインタホンの受話器をかけて事務所に入って行った。

「聞いたか」

親父がロールトップデスクの上に脚をのせ、ものうげに訊《たず》ねた。

「うん。何か狂言臭いな」

僕が答えると、麻里さんはきれいな脚を素早く組み替えた。涼介親父の顎《あご》がその一瞬、二センチほど上がった。

「そう。あたしも最初、それを思ったの。舞って、最近はマトモだったけれど、前は、悪かったからね」

「麻里さんがいうのなら相当だ」

サンダルの爪先がポーンと上がって、僕の向こう臑《ずね》を蹴《け》っとばした。

「アウチ！」

「万引、売春、何でもござれか」

「うん。今度のもそうかもしれないけど、それにしちゃ――」

「五千万とはふっかけたな」

親父が後をひき継いだ。

「狙いは別と見る？」

僕は臑をさすりながら、親父のスニーカーの横に腰をおろした。

「相手が今後、どう要求を変えてくるかだ」

「もし金じゃないとすると――」

「危《ヤバ》いな」

ペルメルを唇の端にひっかけて涼介親父はいった。宗田が置いて行った名刺をつまみ上げる。

『関東半導体』——本社は目黒、工場は静岡か。リュウ、おまえに麻里ちゃんとデートするチャンスを与えてやる。そのかわり、何かあったら、しっかりガードするんだぞ」

「坊やにお守は頼まないわ。それより涼介さんは？」

クサるよ、まったく。

「ちょいとドライブ。宗田の会社を調べる。リュウと麻里ちゃんは、舞って娘《こ》の遊び仲間を洗ってくれ」

「了解」

「おっかねえのが出て来てもあまり刺激するんじゃないぞ。さらわれたって、俺は事務所まで引き取りに行くのは面倒だからな」

「あんたには期待しないよ」

僕はいって立ち上がった。

「おっと忘れるところだった。親父、勉学に励む時間を、親孝行に奪われるんだ。時給二千円で手を打つよ」

僕は片手をさし出した。

親父はそれに目をやり、ぐっとハードボイルドな声でいった。

「千円」

「千八百円」

と僕。

「千三百円」

「千五百円」

「千四百円」

「しょうがない」

僕は肩をすくめた。

親父はニヤッと笑って、デスクの上の封筒から福沢諭吉翁を一枚ぬいた。

「七時間分、プラスボーナス。しっかり働けよ」

まったくの話、お金を稼ぐのは楽じゃない。

4

僕は麻里さんにスペアのメットを渡し、NS400Rにまたがった。二人乗りはちょっときついが、無茶さえしなければ大丈夫だ。

ほとんど走るのが不思議という、アメ車のステーションワゴンへ乗りこんだ涼介親父に手を振り、NS400Rを発進させた。

泣けるエキゾースト・ノートだ。こいつを手に入れるため、去年はせっせとアルバイトに励んだ。何せ冴木探偵事務所のアシスタント料は当てにできないからね。

舞ちゃんのアパートは、我がサンタテレサアパートに近い、南青山、根津美術館のそばに建っていた。

ほとんどがワンルームタイプの部屋で占められた八階建ての賃貸マンションだ。部屋のキイは、宗田氏から麻里さんが預かっている。

裏の駐車場にバイクを駐《と》め、僕と麻里さんはエレベーターまで歩いて行った。

「何をする気?」

エレベーターの中で麻里さんが訊ねた。

「狂言の可能性を考えて、交遊関係をあたるの。それにはちょいと部屋の中を見せていただいて」

「でも、宗田さんがキイを持っている部屋に他の男の子のことがわかる品を置くかしら」

エレベーターを四階で降り、廊下を歩きながら麻里さんはいった。

「調べてみれば、何かわかるはずさ。さ、どうぞ」

四〇三という部屋の鍵穴《かぎあな》を指して僕が答える。

部屋は八畳ほどの、カーペットをしきつめたワンルームで、親父の寝室ほどではないが、観葉植物が並んでいる。ベランダ寄りにセミダブルのベッド、大きめのファンシーケース、ミニコンポ、ガラステーブル、クッションなどが置かれていた。

ベッドの上に、雑な形でカバーがかけられ、そこに普段着と覚《おぼ》しいジーンズとTシャツが丸めてのせられている他は、乱れた痕跡《こんせき》はない。

本当に誘拐されたとしても、ここから無理矢理、連れ出されたのではないようだ。

ベッドが寄せられているのとは反対側の壁に、テレビとミニコンポをおさめた合板キャビネットがある。

それに目を留めておいて、僕はキッチンをのぞいた。

流しには灰皿がひとつとコーヒーカップがひとつ。灰皿の中は、口紅のついたサムタイムが数本。他の種類の煙草はない。

小さな独身者用の冷蔵庫を開いた。お粗末な中味だ。バドワイザーが三本にマヨネーズ、あとは缶コーラが一本。かさかさに乾いたセロリが、ころんと野菜ケースの中でのびている。

ガスキャビネットには小さなホーローびきのヤカンがひとつ。鍋《なべ》もなければ炊飯器もない。

「お料理なんてのは、あまり好きじゃなかったみたいね」

「ぜんぜん。まったく駄目だったわ」

「さもありなん」

ユニットタイプのバスルームをのぞいた。

ヘアケア製品はごっそり揃っている。

ベッドの上に腰かけた麻里さんの前に戻り、キャビネットに目を向けた。

申しわけ程度の教科書とノートが、ずらりと並んだ化粧品の壜《びん》に押しやられている。本と名のつくものは他に、『少女コミック』が数冊、それきりだ。

キャビネットのひきだしを開いた。写真屋でくれるアルバムが数冊入っている。めくってみた。グアムかどこかに、宗田氏と出かけたときの写真。宗田氏のBMWの前でポーズをとっている東京ディズニーランドの写真。

そのうちの彼女だけが写っている一枚をひきぬいた。ポケットにおさめ、他を探す。宗田氏以外の男性と写っている写真はない。

アドレス帳や日誌の類《たぐい》は、持ち歩いていたようだ。たいてい女の子は、小さな日記帳のようなものをつけていて、彼氏とデートした日や、月よりの使者がやって来た日をメモしているものだ。

「ちょい、失礼」

麻里さんのあんよの奥に目を走らせ、僕はベッドの下をのぞきこんだ。あったあった。ボール紙製の収納ボックスだ。それを引っ張り出して開ける。

「おっと、こっちは麻里さんに任せるよ」

パンティの花畑だった。

ふたつあるうちのひとつを麻里さんに渡し、僕はもうひとつを開いた。古い写真やら手紙が詰まっているのはこちらの方だ。

「いいのかしら、何となく気が重いわ」

麻里さんがパンティをかきまぜる手を止めて呟《つぶや》いた。

「同感。でも仕方ない。探偵はつらいよ」

写真をあたった。出てくる、出てくる。車高短《シャコタン》のスカイラインやらを前に、真っ白な戦闘服を着て、気取っている十代の舞ちゃんの写真だ。

男と一緒のものもあった。剃《そ》りこみ、ボンタン、ばっちり決まったつっぱりファッションのペアルック。

『デストラップ』と染めたウインドブレーカーを着けている。太古の遺物の暴走族だ。とうに解散したはずのグループ。

「もと彼かな？」

写真を麻里さんに見せた。麻里さんは頷《うなず》いた。

「そう。でも死んじゃったの、第三京浜で横転して」

「それは、それは」

他の写真をあたった。

一枚だけ、髪型から推して、比較的最近のものと覚しい写真があった。男と一緒に、これもやはり、車を背景に写っている。

車はスティングレイだ。

男を見た。色が白く、長髪で女性的な顔立ちをしている。少女マンガの主人公タイプだがそれにしては口元が冷たい。二十五、六。

「御存じ？」

麻里さんに見せると首を横に振った。

「あーあ、この中にあるのは下着とキャップちゃんだけよ」

自分の収納ボックスを持ち上げて溜《た》め息をついた。言葉通り、二ダース以上のゴム製品がおさまっている。世の中にはピルという便利な品もあるのに、どうやら舞ちゃんは、よほどの面倒くさがり屋か、訪問販売に弱いタイプとみた。

どちらも、男に押されるとすぐに落ちる女の子の特徴なんだよね。


「お次は？」

マンションを出て来ると、麻里さんが訊《たず》ねた。収穫らしきものは、スティングレイの兄ちゃんの写真だけだ。

そろそろ暗くなってきた。

「舞ちゃんは今でも六本木の店に勤めている？」

「やめたわ。半年前、宗田さんの彼女になるとすぐ」

「店の名は？」

「『アデン』。でも隆ちゃんじゃ入れないわ」

「好色親父に任そう。必要経費で飲めるって、あいつ喜ぶぞ」

麻里さんは面白くなさそうに頷いた。どうも麻里さんに関しては、冴木親子の利害は、完全に一致しそうにない。

「よく行っていた遊び場は？」

「六本木。ディスコは『アウトランド』、カフェバーは『セルリアンブルー』」

「腹ごしらえしようか、そこで」

「補導されても知らないからね」

「御冗談を。お姉様の引率があれば大丈夫」

『セルリアンブルー』は、今風といえば今風、どちらかといえばサーファータイプが多い、ビギナー向きカフェバーだった。

スパゲティとリゾット、それにドイツソーセージとラガービアーをオーダーした僕らは、カルチャー・クラブがあまりうるさくない、奥の席に陣取った。

「舞ちゃんが宗田さんとつきあっていたこと、結構周りの連中に知られていた？」

乾杯すると僕は訊ねた。自分でいうのも変だが、親父譲りか、アルコールには強い。ウイスキーのボトルも一本までなら、さほど酔ったという気分なく空けられる。

「そうでもない」

麻里さんは首を振った。

「女の子で知ってたのは、あたしと、彼女の短大の友達くらいかな」

「その友達は？」

「前聞いたけど四人組のグループだって。その娘《こ》たちには、宗田さんも会ったことがあって、まっ先に行方を訊《き》いたそうよ。誘拐したっていう電話がかかってくる前」

「会ったことある？　麻里さんも」

口をへの字に曲げた。

「趣味じゃないけどね。あたしはあの手あいは、ちゃらちゃらして」

「硬派だものな、麻里さん」

鼻先でソーセージ用のナイフが光った。

「腹ごしらえしたらどうする気？」

「写真の兄ちゃんの正体を知ろうと思って。男のおいらが訊くより、美人の麻里さんが訊いた方が教えてくれるだろうから」

「それで？」

「一回、オフィスに戻る。涼介親父と打ちあわせ」

写真を麻里さんに渡し、食事を続けた。

それが終わると適当に店内を徘徊《はいかい》し、客筋を見定めた。ベーシックタイプのナンパ小僧は来るだろうが、誘拐を考えつくほどのワルはいない。もう少し気のきいた店に行くだろう。

実際、今は、レーザーディスクと、バーカウンター、それにディスペンサーさえあればたちどころにカフェバーが開店する御時世だ。

『アウトランド』はそれにひきかえ、かなりごついタイプのディスコだった。客筋も、成金大学生、ファッションモデル、ハードゲイ風、正体不明外国人、と各種とり揃っている。

　ドアボーイの鋭い一瞥《いちべつ》を麻里さんのあんよでかわし、僕らはまんまと入りこんだ。ステージは細長い店の奥、手前中央がバー、ぐっと手前は、何やら通勤ラッシュまがいの人の山。グラスを手にした目付きも鋭い連中が暗い中をゆらゆら漂っている。

「ここでどうやって訊きこめっていうの」

　体をぴったり密着させ、麻里さんが耳もとで怒鳴った。カルチャー・クラブはここでも大快調。

「心配しなくても、すぐに誰かが声かけてくれる、踊らないかって。そうしたら写真を見せて、この男の正体を教えてくれなきゃ嫌だっていうんだっ」

「本気!?」

「大本気。でも本当に踊ったらヤキモチ焼いちゃうからね」

「馬鹿っ」

　来るわ来るわ、まず典型的成金外国人、肌の黒さはアラブと見た——が、麻里さんに声をかけた。麻里さんは写真を見せ、肩をすくめられるや、さっさと背を向ける。

　続いては、イタカジのアパレル業界風お兄さん。これもノーだ。

　大学生、モデル風、次々と麻里さんにアタックしては沈没して行った。

僕はそれを店の片隅からじっと見つめていた。

と、突然、

「ボーイ、踊らないのかい？」

耳もとに生臭い息が吐きかけられた。

立っていたのは黒の革チョッキ、革パンツ、サングラスに鎖つきのハードゲイタイプ。クリストファーストリートでも商売《サマ》になろうって輩《やから》だ。百七十五ある僕より、まだでかい。

毛むくじゃらの手が僕の太腿《ふともも》をなでさする。

「御免、今日はアウトオブオーダーなんだ」

「そんな切ないこというなよ。試してみりゃ楽しいぜ」

鎖をチャラチャラ鳴らしてそいつはいった。他にも同様の仲間が二人いて、興味津々といった表情を浮かべ、缶ビールを手に成り行きを眺めている。

そこへ麻里さんが戻って来た。

「駄目よ、まるで――」

連中に気づき足を止めた。

「雌犬なんかとつきあうより、こっちの方がよっぽど楽しいぜ」

そいつは嫌らしくサングラスの奥から横目でちろちろ麻里さんを見ながら囁《ささや》いた。

「隆ちゃん、どうしたの」

「麻里さん、写真貸してよ」

僕はいって、麻里さんから受け取った写真をそいつに見せた。

「このお兄さん知ってる？　捜してるんだけれど」

太腿から手がさっと消えた。そいつが目を細めて僕をにらむ。

「どこでこの写真、手に入れた」

「質問は僕が先」

「坊や、なめると、なめさせるぞ」

胸に応《こた》える脅し文句だ。

「表でゆっくり語りあおうか」

「体中の骨をバラバラにされてもいいんだな」

「ベア……」

仲間のひとりがかすれた声でいった。

「こいつ、神《ジン》さんの写真を持ってるんだ」

「そうか、だが殺しちまうなよ」

「なに、体が軽くなる程度さ」

「いってるわよ、隆ちゃん」

「手がかり、手がかり。行こうか」

僕は〝ベア〟の革チョッキの肩をポンと叩《たた》いて出口に向かった。〝ベア〟があとに続く。追おうとした麻里さんの腕を、仲間がつかんだ。

「待てよ、このビッチ」

麻里さんの手が腰に吊《つ》るしたポシェットのところで閃《ひらめ》いた。西洋剃刀《かみそり》の刃がその男の喉《のど》にあてられた。

「兄ちゃん、整形手術してやろうか。放しな、この腕」

男がゴクリと喉を鳴らして手を放した。一瞬の早業で、周りでは誰も気づいていない。

「安心しなよ、あたしは手出ししないから」

身をこわばらせた〝ベア〟の背を麻里さんは押した。頼りになる家庭教師だ。

『アウトランド』を出、裏手のビルにある人けのない駐車場に入った。

〝ベア〟は額に汗を浮かべ、浅く息をしている。向かいあうと、彼がいった。

「何者だ、おまえら」

「しがないアルバイト・アイ」

僕は爪先に軽く力を入れていった。

〝ベア〟はじっと僕を見つめた。次の瞬間、大振りのスイングが飛んでくる。頭を下げ、それをやりすごすと、正確に鳩尾《みぞおち》を狙ってストレートを打ちこんだ。フックで脇腹を攻める。

二発放って、ステップバックした。〝ベア〟の顎《あご》から、汗と涎《よだれ》が滴った。

「神てのは何者だい？」

〝ベア〟は両腕を振り回した。その鼻先に軽いストレートを放った。ひどく痛むはずだ。

〝ベア〟は呻《うめ》いて、大きく上体を揺らせた。

「ボ、ボクシングやってるのか、きたねえぞ」

濁《だ》み声《ごえ》で〝ベア〟は呟《つぶや》いた。鼻血が片方の鼻孔から吹き出している。

「神は？」

〝ベア〟の目が僕から離れた。

もう一発、鳩尾にストレートを打ちこんだ。今度は少し下だったが、楽に入った。

〝ベア〟は背中を曲げ、胃の中味を吐き出した。

それが靴にかからぬようスウェイして、僕は〝ベア〟の髪をつかんだ。

「話すよね、神のこと」

〝ベア〟は咳《せ》きこみながら頷《うなず》いた。

5

「神てのは、どうもよくわからないけど、六本木辺りの愚連隊を束ねている奴らしいんだよね。組関係のお兄さんとつながっていないことにはなってる」

「そのおかまちゃんがいったのか？」

涼介親父がロールトップデスクに両脚をのせていった。

「そう。無所属、革新だって。顔は可愛いけど、学生企業出身で、なかなかのやり手らしいよ。腕も相当たつみたい。どうもバックに、金の生《な》る木がついているんじゃないかな」

「金の生る木?」

麻里さんが訊《き》いた。

「金貸しとかさ、右翼とか、やくざじゃないけどプロの犯罪者グループ」

「で、誘拐するの? おかしいわ」

「ハナから五千万て金が目当てじゃなければおかしくない」

涼介親父が顎ヒゲをボリボリかいていった。

「どういうこと?」

『関東半導体』を調べてみた。静岡までちょいとドライブしてね。M重工におさめている特殊製品てのは、戦車やジェット戦闘機の識別レーダーと連動するコンピュータの電子部品のことさ」

「じゃあ要求は——?」

僕は訊《たず》ねた。涼介親父はデスクの端に置いていたペルメルの吸いさしを取り上げ、煙を吹き上げた。

「さっき、おまえさん達が帰って来る少し前、宗田氏から電話があった。あちらさんが条件を変えたそうだ。五千万が用意できないのなら、その電子部品を百ケース用意しろとなく。少しずつ時間をかけろ、とさ」

「百ケース？」

「奴らも馬鹿じゃない。一度によこせとはいわなかったそうだ。少しずつ時間をかけろ、とさ」

「でもいったい、そんな部品をどうするつもりかしら」

「麻里ちゃん、こんな話知ってるかい？　以前、ソ連のパイロットが亡命を希望し、ミグ25戦闘機を操って北海道に着陸した。最新型の、その戦闘機の機構を解明しようと、分解した連中がおったまげた。中で使われている半導体はほとんどが日本製だったんだ」

「それじゃあ――」

「半導体は、使い途《みち》を知り、また作りたくともその技術や製造工程を持ってない国には高く売れるのさ」

「一種の武器輸出だね」

僕はいった。親父がどこでそんな情報を仕入れて来るのか見当もつかない。雑誌の受け売りか、まるきりの与太か。

「それも密輸さ、悪質な」

「バックにはソビエトのスパイがいるってこと？」

「直接にはいないだろう。そいつらと取り引きをしている連中だな。金になるのなら人間でも科学製品でも、何でも売りとばす」

「危《ヤバ》そう」

「ああ、危《ヤバ》い。そういったはずだ。その神てのが、そいつらの手先だとすると手強《てごわ》いぞ」

「警察《マッポ》に任せちゃったら？」

僕はいった。

「それで冴木インヴェスティゲイションの看板に泥を塗るのか？　そいつはまずいな。やはり、探偵には探偵の誇りって奴があるからな」

親父は『麻呂宇』のママが聞いたら涙を流して喜びそうなことをいって微笑《わら》った。

「で、取り引きの予定は？」

「もう一度、連絡を入れると告げて切ったそうだ」

「宗田さんは応じるのかしら？」

「とりあえずストック分を十ケース用意したらしい。その後はひとつ、ふたつと、少しずつ流すしかないだろう」

「連中はそれをOKしたの？」

「した。一度物を流させれば、それ自体が宗田氏の弱味になる。ルートを確保したというわけだ」

涼介親父は片方の眉《まゆ》をひょいと釣り上げて答えた。

「で、これからの仕事は？」

「とりあえず、麻里ちゃんにはここに残ってもらう。俺やリュウは、何があったって、別にこの世で嘆き悲しむ人がいないからな」

「そんな」

麻里さんは頰をふくらました。麻里さんの無事を願う気持には賛成だが、この人には家族愛なんて代物が無縁なことがよくわかる。

「連絡係が必要でもあるんだ」

親父はやんわりさとした。

「で、僕には何をしろって？」

「宗田氏を監視するんだ。正確にいえば、宗田氏を監視する人間を見つけ出し、監視するんだ。自動車電話って奴は、車を離れているときにはつながらんもんだ。連中はおそらく、宗田氏の動きを逐一、見張っているだろう」

「で、監視している奴を見つけたら、どうすんの？　ひっぱたいて舞ちゃんのところへ案内させる？」

「そいつは、おまえにはちときつい仕事だな。その連中はプロだろうし、拳骨《げんこつ》だけじゃ歯がたたん代物を持っているかもしれん」

「ＯＫ、用心するよ。親父は？」

「きのう、徹マンでな。ひと眠りするさ」

おおげさな欠伸《あくび》をしてみせた。息子に学校を休ませておいて、これだ。児童福祉法違反で訴えられても、絶対に味方はしてやらないと、僕は心に誓ったね。

翌、土曜日、学校すら休んで家業を手伝う、けなげな冴木隆くんは、『関東半導体』の本社前、駐車場に張りこんでいた。『関東半導体』は六階建ての四角いビルで、環七をちょいと外れた住宅街に建っている。駐車場はさほど大きくなく、役員専用と業務用のふたつに分かれていた。

役員専用にはクラウンとプレジデント、それに宗田氏のBMWの三台が並んでいるきりだ。

それが見える小さな公園の隅にバイクを駐《と》め、僕はメットを枕にベンチで寝ころがっていた。朝早くから涼介親父はどこかへ出かけ、麻里さんが代わりに手弁当持参で事務所に詰めている。

今のところ、僕の他に宗田氏の動向を監視している人間はいないようだ。

どこかで正午を告げるサイレンが鳴った。

宗田氏が出て来る時間だ。僕はベンチから起き上がり、フルフェイスのメットをかぶった。もしまっすぐ家に帰るとすれば、連中の接触はなかったことになる。

勿論《もちろん》、連中が趣旨を変えて、会社のデスクホンを使ったとしたら別の話だ。

十五分ほど待っていると、宗田氏が現われた。まっすぐにBMWに乗りこみ、エンジンを始動する。

世田谷の自宅に帰るのなら環七を一本だ。ＢＭＷが環七に合流するのを見はからって、間をおき、僕も合流した。

車の洪水だ。これでは、どれが尾行車なのかわからない。僕は適当に洪水を縫い、ＢＭＷの前に出たり、うしろについたりしながら監視を続けた。

ＢＭＷが柿の木坂の交差点で信号待ちをしているときだった。宗田氏が自動車電話に手をのばすのが、リアウインドーごしに見えた。

受信か、送信か。受話器を手に宗田氏は喋《しゃべ》っている。喋っている最中に、信号が変わり、ＢＭＷは押し出された。

ウインカーが点滅し、ＢＭＷは中央から左よりに車線を変更した。そして二四六号との交差点で、用賀方面に向けて、左折する。

自宅の方角ではない。連中からのコンタクトだったのだ。僕は後続して左折する車に注意を配った。ワゴン、軽トラック、乗用車……あれだ。

後部に短い自動車電話アンテナをつけた白のグロリアを見つけた。ＢＭＷとは二台おいてうしろを走っている。

ナンバーを暗記し、斜めうしろにつくよう、車の流れを縫った。

男が二人乗っている。うしろからではがっちりした背広の肩しか見えない。

前に出て顔を見たいのを我慢しながらついて行った。

ＢＭＷもグロリアも、用賀から東名高速の入路に入った。こちらも従う。

東名川崎インターを過ぎると、二台の車はスピードを上げた。だが普通乗用車のスピードは単車の速さに比べれば敵じゃない。こちらはその気さえ出せば、軽々と二百の壁をこえるのだ。

東名横浜を過ぎる。どこまで行く気なのか。キャノピーごしにグロリアのリアをにらみながら考えた。

『関東半導体』の工場は、確か静岡だったはずだ。そこまで行く気か。

厚木を過ぎ、秦野《はだの》中井を過ぎ、大井松田をこえる。

すると、御殿場か沼津だ。

沼津だった。

沼津インターを出て、東名沿いに少し走る。ゴルフ場が多い、富士の裾野《すその》だ。

二台の車はくねくねと曲がる坂道を走り続けた。だんだんと車の数が減少する。尾行には最もヤバい状況だ。単車はライダーの姿が見られやすいぶん、こういう形の尾行が不利になってくる。

一本道の途中で、電話ボックスを見つけた僕は、二台の車を行かせ、バイクを路肩に寄せた。電話ボックスに入り、事務所に電話を入れる。

「冴木探偵事務所です」

麻里さんが出た。

「親父から連絡は？」

「隆ちゃん。ないの、それが」

「くそ親父、何してやがる」

「今どこ？」

「沼津。多分、宗田氏の会社の工場の近くだと思う。敵の車を見つけたよ。白のグロリア、ナンバーは――」

クリーム色のステップバンがのろのろと坂を上がって来ると、僕のバイクの前で停止した。それに気をとられていたのが僕の失敗だった。

不意に電話ボックスの扉が押し開かれ、長髪の男が拳銃《けんじゅう》を握った右腕をさしこんで来た。僕の額にぴたりと銃口を押しあて、無言で唇に人さし指をあてる。

神だった。淡いグリーンのスリーピースを涼しげに着こなしている。

神はにやりと笑い、受話器を指して、指を振った。キザな野郎だ。

「――どうしたの、隆ちゃん⁉」

「何でもない、また、連絡するよ」

かすれた声でいって、僕は受話器をおろした。

「わかってるじゃないか、坊や。先だつ不孝をしたくなかったら、慌てず騒がず、俺のいう通りにするんだぞ」

神は女のように赤い唇を開いて、笑った。

6

ステップバンの後部席に舞ちゃんが乗っていた。二人の男がそれを見張っている。やくざではない。が、妙に静かで薄気味の悪い連中だ。双子のように雰囲気が似ていて押し黙っている。

僕はうしろ手に縛られ、舞ちゃんの隣にすわらされた。舞ちゃんは蒼《あお》ざめた顔でうなだれていたが、僕に気づくと目を見開いた。

「あなた――」

「やあ」

「黙ってろ」

助手席の男が短くいった。神から受け取った拳銃を僕に向ける。

神がステップバンのリアドアを閉め、坂道の下方に駐めたライトバンに乗りこむのが見えた。ステイングレイでは、さすがに目立つと考えたのだろう。

ステップバンが走り出すと、僕は小声で舞ちゃんに訊《たず》ねた。

「本当にさらわれちゃったわけね」

「だまされたの、神に。ドライブ行こうって誘われて」

「神には宗田さんのことを？」

舞ちゃんは頷《うなず》いた。

「一年ぶりで電話がかかってきて。そのとき話したの。どうしよう……」

「どうしようもないみたいよ」

お友達が悪かったね、とはさすがにこの状況ではいいかねた。第一、僕だってこのまま山奥でズドンと一発くらったら、父親が悪かったね、ではすまない。

少々、おっかない思いで、どうやったらこの状態を逃れることができるか、僕は考えた。

相手はグロリアに二人、この車に二人、そして神の五人。しかも拳銃つきときた。

取り引きに使う気なら、舞ちゃんは殺されずにすむかもしれない。ただし僕は別だ。この連中にも、児童福祉の気持があるとは考え難かった。ここはやっぱり、ズドンの可能性が濃厚のようだ。

ステップバンは数キロほど走ると一本道をそれた。細い林道のような道に入り、上下に揺れながら、奥へと進んで行く。

十五分も走っただろうか。

車が駐まり、助手席の男が降り立つと、リアドアを開いた。

「降りろ」

舞ちゃんがまず降り、僕が続く。

そこは製材所の跡地のような場所だった。周りは濃い茂みと樹海で包まれている。B

MWと、例のグロリアも駐まっていた。バンに続いて神のライトバンも進入して来た。

僕らが降り立つのを見て、グロリアとBMWからそれぞれ二人の男と宗田氏が出て来た。

グロリアの助手席の男が年かさで、グループのリーダー格のようだ。四十四、五、額がちょいと知的な感じに禿《は》げ上がり、サングラスに仕立てのいいダブルのスーツを着ている。

運転席の方は、どう見てもチンピラだ。細身でやけに凄《すご》んだ目付きをしている。

リーダー格の男が低く咳《せき》ばらいをして僕を見つめた。

「尾行していたのは、この坊やだけです」

ライトバンから降りて来た神が、男に歩み寄っていった。

二重の監視態勢を向こうもとっていたわけだ。

「何者だ」

男が訊ねた。クールな声だ。

僕は肩をすくめた。

「都立K高校二年、冴木隆」

「冴木？」

男が小さく呟《つぶや》いた。

「何をしていたんだ」

「ツーリング。おっ母に電話していたら連れて来られた。テレビのロケか何か、これ？」

とぼけていってみたが通用しなかった。

運転手のチンピラが裏拳《うらけん》で僕の頬を張りとばした。口の中が切れ、血を僕は吐き出した。舞ちゃんが小さく悲鳴を上げた。

「わかったよ。知らないおじさんに頼まれて、あそこのBMWをつけろっていわれたんだ。行く先がわかったら一万円の約束で」

宗田氏が陽焼けした顔を土色にして見つめている。

「知らない男ではないだろう。少年探偵団を気どっていると後悔するぞ」

僕は天を仰いだ。これで時給千四百円は安過ぎる。

男はちらりと神を見やり早口でいった。

「まあいい。こいつの件は後回しで、取り引きにかかる」

「しかし、警察に——」

「知らせてはいないさ。そうだろ、宗田さん」

「も、勿論《もちろん》です。わたしは、どこにも……」

危《ヤバ》い雰囲気。ちょっと脅されたら、ポロッと喋《しゃべ》りそうだ。

「ここからあんたの会社の工場まで三十分もあれば行けるだろう。この男をつけるから、品物を運んで来てもらいたい」

「しかし知らない人が一緒では……」

「あんたは常務だ。それぐらいのことを、やってできんはずはないだろう」

宗田氏はうなだれた。

「品物を運んで来たら、約束通り、このお嬢さんは返す。ただし、今後は月に一度ずつ我々に供給してもらいたい。そのためのトンネル会社もこちらで用意した」

「わかりました」

「車はこちらのライトバンでいいだろう。十ケースといってもたいしてかさばらぬはずだ」

宗田氏は頷いた。

「いう通りにしますから、どうか乱暴はやめて下さい」

「早く行くことだ」

「IDカードと制服が車に置いてあります。それがなくては工場に入れないので、取って来ていいですか？」

宗田氏がおどおどといった。男は小さく頷いた。

神が宗田氏についてBMWのところまで行った。ドアを開き、運転席に手をのばす。

カチッという音がした。

トランクのリッドが小さく上がった。次の瞬間、大きくはね上がり、涼介親父がそこからとび出した。

両手でかい散弾銃をかかえている。

僕はあんぐりと口を開けて、それを見つめた。全員が凍りついたように動きを止めた。

親父が散弾銃のスライドをガシャンと前後させ、銃床を肩にあてた。

「こいつは十二番口径だ。この距離でくらうと、チリトリと箒《ほうき》が必要になる。わかったら手を頭のうしろで組むんだ」

男達がそろそろといいつけに従った。

「リュウ、こいつらからハジキを取り上げろ。火線をさえぎらんようにな」

僕はいわれた通りに動いた。取り上げた銃は三挺《ちょう》、リーダーの男は持っていなかった。

先ほど裏拳をくれたチンピラには、一発きつめのお返しを股間《こかん》にくらわせた。

舞ちゃんの腕をひき、宗田氏のもとに連れて行く。

「そうか、やはりおまえか」

僕が涼介親父の隣に立つと、リーダーの男が表情を変えずにいった。

「冴木という名を聞いて、もしやと思ったがな」

「何？」

「サングラスを外すぞ」

男はいって、顔を見せた。どうやらこの男、親父の昔の稼業の仲間らしい。

涼介親父は男の顔を見つめた。しばらくして、小さく頷いた。親父にしちゃ、珍しく凜々《りり》しい顔つきをしている。

「整形手術をしたんだな」

親父は低い声でいった。

「私立探偵の事務所を訪ねたという報告は受けてはいた。だが、おまえとはな」

男は、僕にはまるで見えない話を始めた。

「やめたのか？」

男は訊《たず》ねた。親父は頷いた。

「だいぶ前さ。三年になる」

「よくやめられたな」

「もともと好きじゃなかったのさ」

「その坊やは息子か？」

「残念ながらな」

男は首を振った。

「妙じゃないか。おまえが結婚していたとは知らなかったぜ」

「俺もさ」

涼介親父はいって小さく笑った。

男はじっと涼介親父を見つめた。不意に何かがわかったようだ。大きく頷いた。

「そうか、それじゃ、おまえは――」

「おっと、そこから先はいいっこなしだ。昔話を懐かしむ状況じゃあるまい」

親父がさえぎった。

「ではどうする？　このままずっとここにいるのか？　警察には知らせていないのだろ」

「あんたを渡せば、警察の向こう側で大喜びする連中がいるだろうな。死んだと思われていた駐在武官が生きているのだからな」

親父はますます見えないことをいい出した。

「だからどうなる？　裏切者だから消すか？　日本の情報機関には、そんな骨のある奴はいまい。ましておまえがやめた後ではな」

「さて、どうするか」

親父は左手で顎《あご》をかいた。

「差しの勝負はどうだ？」

男がいった。

「獲物は？」

「そこにある拳銃《けんじゅう》だ。おまえが勝てば、宗田との取り引きもなしだ。手を引こう。俺が勝てば、おまえに手を引いてもらおう」

「どちらかが死んだら？」

「訊《き》くまでもあるまい。死体は残った方が処分する。警察沙汰《ざた》にはならんさ」

「ま、待って下さい。私はそんな――」

宗田氏が慌てたようにいった。涼介親父がそれをさえぎった。

「宗田さん、ここから先は我々の問題だ。申しわけないがシナリオは変更だ」

「どうなってるんだよ」

僕はいった。

「リュウ、バイト料を上げてやるぞ。散弾銃はおまえさんに預ける」

「部下にも勝負がつくまで手出しはさせない。それでいいだろう」

男がいうと親父は頷《うなず》いた。ポンと散弾銃を僕に手渡す。

「撃ち方は知ってるな。別に無理して狙わなくてもいい。方角さえあわせて引き金をひけばいいんだ」

「何考えてんだ、親父」

「ま、こんなもんさ」

涼介親父は、僕が取り上げてBMWのボンネットの上に並べた拳銃を二挺つかんだ。

「どこでやる?」

まるで立ち小便でもする場所を捜しているかのようないい方だった。

「この奥がいいな」

サングラスを畳んで胸のポケットにしまった男が、樹海を指した。親父はあっさり頷いた。

「よかろう、行くか」

一挺を男に手渡し、もう一挺を弾倉を開いて改めた上で、スイングトップの下に差しこんだ。

僕は散弾銃を構えたまま、二人が森の奥に入って行くのを見守った。

いったいどうなるんだ、これは。

男達も動きたいのだが、どうにもならないようだった。

「おまえらのボスってのは何者だい？」

僕は神に訊ねた。神はそっぽを向いて答えた。

「知らんな。自分の親父にでも訊いたらどうだ」

不意に、一発、銃声が響いた。二発かもしれない。一瞬のことで、交錯したとしても、聞きわけようがなかった。

全員が樹海の切れ目を見守った。ひとりのシルエットが見えた。左手で右肘《みぎひじ》のところを押さえている。その姿がはっきりしてくるのを、僕は心臓が縮む思いで見つめた。

リーダー格の男だった。親父は出て来ない。

男は大儀そうに歩いて来ると、僕や宗田氏、舞ちゃんと、部下達の中間地点で立ち止まった。

僕を見つめる。

僕の喉《のど》はカラカラだった。

男はいった。

「坊主、いい度胸だ。育ての親にも、生みの親にも似てる」

えっ、といいかけた刹那《せつな》、男はくるりと背を向けた。

「引き揚げるぞ、車に乗れ」

部下達に命じる。男は自ら立って、グロリアの助手席に乗りこんだ。ドアを閉めぎわ、
僕のうしろの方を振り返る。

涼介親父が樹海の入口に立っていた。ポケットに手をつっこみ、だらしなく木により
かかって見つめている。

「また、会おうぜ、冴木よ」

男は叫んで、グロリアを発進させた。

三台の車がぞろぞろと引き揚げて行くのを、僕は惚《ぼ》けた気分で見守った。

肩がポンと叩《たた》かれ、振り返った。涼介親父だった。

「親父、いったい、育ての親って――」

「訊きっこなしだ。代わりに――」

親父はニヤッと笑った。

「特別ボーナスが出たら、麻里ちゃんに内緒でソープランド奢《おご》ってやるよ……」

相続税は命で払え

1

秋の長雨という奴だろうか。はっきりしない曇り空と、しょぼしょぼ、我が涼介親父の徹マン明けマナコのように、降ったりやんだりする雨。

何ともうっとうしい天気だ。

こんな日はどうも夜遊びにも勉強にも気がのらない。僕の通う都立高校は学園祭で明日から三連休なのだが、このお祭りも、二度目となると今いちノリがない。出て行ったところで、気のきいた連中は、午前の部で学校をフけ、麻雀《ジャン》荘か茶店《さてん》にしけこんでいる。模擬店で網を張っているのは、ナンパもマイナーリーグの手あい。ひっかかるのも、どうせスリーAクラスの姐《ねえ》ちゃんと相場が決まっている。

そんなわけで僕、冴木隆は、サンタテレサアパートの二階、「サイキ・インヴェスティゲイション」のデスクの上に頰杖《ほおづえ》をついていた。

三DKの八畳が、親父冴木涼介の「探偵事務所」、残るふたつの六畳間を親子で分けあっている。その片方、観葉植物が生い茂ったインランの間では、涼介親父がひとり、だらしなく眠っているはずだ。何せ、帰って来たのが今朝の八時。

目をしばたたかせ、顎《あご》に無精ヒゲをのばして、欠伸《あくび》をかみ殺しながら御帰館ときた。

「どうした、今日はサボリか？」

なんて照れ隠しにいってみるあたり、父親としての威厳のなさを通りこして、可愛く見えようってほど。

「今日は学祭で、あと三日間休み」

「そりゃいい。事務所の留守番、頼むわ」

でかい欠伸をひとつして、頭をかきむしる。そのまま眠りの世界に入りこもうとするのをひきとめた。

「ちょい待ち。勝敗は？」

「ん、トントンかな」

そういうときはだいたい、勝っている。僕は掌《てのひら》をさし出した。

「配当、並びに留守番代」

しぶしぶ、よれたジーンズのポケットからつかみ出した万札の束は十四、五枚あった。どうやら昨夜は大勝だったようだ。父親ながら見あげたトボケぶり。

そこから一枚ぬいて、僕に手渡した。

「無駄遣いはしないからね」

とは、僕の嫌味。

「好きにしてくれ、俺は寝る」

うしろ手を振り振り、ベッドに親父が倒れこんでから七時間が過ぎた。

来客もなく、鳴った電話は、投資の勧誘が二件だけ。

「もしもし、冴木涼介さまのお宅でらっしゃいますか？」

「そうですが」

「御主人様でいらっしゃいますか？」

「いえ、息子です」

「お坊ちゃまですね。では、御主人様は？」

「寝てます」

「寝ていらっしゃる。じゃ御病気か何かで」

「徹マン明けで」

「はあ……。では、お母様は？」

「いません」

「お出かけですか？」

「お出かけといえば、お出かけだけど、十五、六年前に出かけたきりだから、戻って来るアテはないですね」

「……？　……！」

「要するに、逃げられたのでしょう。うちの父は人格が崩壊しておりますので」

「あの、それでは、株の売買と投資の御相談だったのですが……後日ですね、改めてですね……」

といった具合。

その間、サンタテレサアパートのオーナーにして大家の、圭子ママが経営する喫茶店『麻呂宇』で食事とお茶の暇《ひま》つぶしを、二度ほどしたか。『麻呂宇』も閑そう。ハードボイルドマニアの圭子ママは、カウンターにすわりこみ、新訳のダシール・ハメットを読みふけっている。広尾のドラキュラ伯爵こと、バーテンダーの星野さんも趣味のレース編みに余念がない。

早々に引き揚げ、親父のデスクからペルメルを失敬した。我が家では、親父の目前をのぞけば、飲酒、喫煙はOKなのだ。もっとも煙草代を徴収されることは、たまさかあるが。

窓からは、雨に濡《ぬ》れた『麻呂宇』の天幕《マーキー》と、そのおかげでやたら勘ちがいの客が多い、SAIKI INVESTIGATIONのネオンが見える。

親父はまだ当分、起きて来る気配がない。あの調子だと、夜中まで眠り続けるのではないだろうか。まあ今さら、その社会不適応性に驚くことはないが。

僕の吐き出した煙が、細く開いた窓から濡れた空に這《は》い出し、雨に叩かれた。

サンタテレサアパートの前の小路は、広尾の交差点に続いている。そこを、でかいアメ車が曲がって来た。やたら胴体の長い、リムジンカーだ。後部席のガラスには真っ黒なシールが貼られ、中をうかがうことができない。

ナンバーは白。お抱え運転手だとすると、世の中じゃいったいどんな人間がこんな車を持てるのだろうか。

リムジンは、ゆったりと巨体を進め、サンタテレサアパートの前、『麻呂宇』の店先で駐《と》まった。

このあたりにはあんな車に縁がある金持は住んでいないはずだ。

ロールトップデスクの上に置いた電話機が鳴った。

「はい、冴木探偵事務所」

親子の申しあわせで、電話の応対は、二オクターブばかりさげた声で行うことにしている。

「あの、初めて電話をさしあげる者です。調査をお願いしたいのですが、これからおうかがいしてよろしいでしょうか」

ちょいとハスキーな大人の女の声がいった。親父なら鼻の下をのばしそう。

「けっこうです。お待ちしております」

僕は答えた。営業上、親父は独身ということになっている。探偵には家族という荷物がない方がいいと力説したのは、圭子ママだ。

「ではこれから……」

語尾が沈みこむようにかすれ、電話は切れた。親父ならずとも、声の主に興味が湧く。

親父を起こさねばならんと、腰を上げた。窓の下ではリムジンの扉が開いた。まず制帽をかぶった運転手の頭が見えた。その手の傘が開き、後部にさしかける。

格好よく降り立つ。

傘のすきまから、黒いストッキングに包まれたきれいな脚が見えた。両膝《りょうひざ》をそろえ、

白い、形のいい瓜実顔《うりざねがお》がちらりとこちらを仰いだ。三十少し過ぎ、黒のワンピースに身を包んだ、えらく色っぽいおばはんだ。

まさか——リムジンのリアには自動車電話のアンテナが突っ立っている。

のんびり見とれているわけにはいかない。何週間かぶりの依頼人は、事務所のすぐ下から電話をかけてきたのだ。

僕は親父の寝室のドアを蹴《け》とばした。

「とうちゃん、仕事だ！」

返事はない。ドアを開くと、毛布を頭にかぶり、寝返りを打とうとしている親父の尻《しり》が見えた。

「依頼人だってば」

「……眠い。おまえ、相手しててくれ……」

「リムジンに運転手付き、金は持ってるよ」

「駄目だ。頭が上がらん。明日にしてもらえ……」

くぐもった声が返ってきた。仕方がない。

「えらいべっぴんだぜ」

「ん？」

毛布が下がった。片目が開いた。

「今、上がって来るところだよ。年の頃は三十二、三。喪服を着てる。未亡人になりたてと見たね」

「本当か？」

親父は唸《うな》った。

「その目で確かめな。ただし、格好はもうちょっと何とかしろよ」

Tシャツとトランクス、トランクスの中央は、テントを張っている。

廊下を歩いて来る靴音が聞こえた。ハイヒールのコツコツという音はすぐにわかる。

親父の両目が開いた。

「リュウ、コーヒー。俺が出て来るまで間をもたせとけ」

「了解」

ドアを閉めると同時に、ドアチャイムが鳴った。コーヒーポットを火にかけ、玄関に走り寄る。

「はい……」

ドアを開くと、窓から見たおばはんが立っていた。背が高く、それでいて突き出るところは突き出た、色っぽい体型だ。ぬけるように白い顔に、唇だけが赤く、かたわらにぽつんとひとつ、ぞくぞくするような黒子《ほくろ》がある。

十七歳で十以上も年上のおばさまに感じてしまう僕は、変態かな、なんて思ったことはおくびにも出さず、いった。

「電話を下さった方ですね。所長は今、奥で資料の整理中でして、すぐに参ります」

「奥様……」

奥様のうしろには、紺のブレザーを着たごついのが立っている。顔はファニーだが体格はゴリラ並みだ。傘をさしかけた運転手がこの男だと、濡れた左肩でわかった。

運転手君は、さも胡散《うさん》くさそうに、事務所内をのぞいている。気に入らないのだが、何がどう気に入らないのか、表現するには脳の容量が今ひとつ足りないといったところ。

「いいわ、黒墨《くろすみ》。車で待っていて」

奥様はいった。僕を見て、にっこり微笑む。

「来るのが早過ぎたのね」

「どうぞ」

僕はゴリラの顔を見て笑ってやった。奥様のためなら、命をも投げ出そうって顔つきが、不満そうにふくれている。

奥様を中に入れ、ゴリラの鼻先でドアを閉めた。来客用の応接セットに彼女をすわらせる。ただでさえみすぼらしい、我が事務所の備品が、彼女の存在で、いっそう貧相に見えた。

よりをかけて淹《い》れたフレンチローストを、奥様の前に置いた。ひと口すすった彼女がいった。

「おいしい。コーヒーたてるの、上手なのね」

「七つある特技の、ほんのひとつです」

「あら……」

またまた奥様はにっこり笑った。

「他の特技は？」

教えてさしあげたいのですが、ここではちょっと……などといいたいのをこらえ、僕は含羞《はにか》んだような笑いで答えた。

「お忙しくてらしたのかしら？　お父様」

「いえ、父ではありません。僕は単なるアシスタントです」

親父が彼女にどんな印象を与えるか予想のつかぬ現在、あの性格破綻《はたん》者の身内だと思われるのは、いささか心苦しい。

「調査の方のアシスタントですが」

僕はわざとらしくデスクの上を整えながらいった。実のところ、事件の大半は僕が解決しているのです、とは、いわずもがな。御覧になれば、どちらが頼りになるのかは一目リョウゼン。

「えー、お待たせしました」

親父がそこに現われた。察するに、のぞき穴で依頼人が松ランクと判断し、それにあわせて来た気配。一張羅のセルッティで身を包んでいる。

「未整理の資料に手こずりまして……」

未整理の資料とは、歯磨きとヒゲ剃《そ》り、それに髪の寝グセ直しかよ、とは僕の心中。

モーニングカップにコーヒーを注ぎ、デスクのへりに格好つけて尻をのせた親父に手渡した。

「御苦労、資料室で待機していてくれたまえ」

咳《せき》ばらいして僕を見やった親父には目もくれず、僕は彼女に一礼した。

僕の部屋に入り、インタホンを耳にあてる。

「では、お話を、えー、うかがいましょう」

親父がいった。あたりを捜している気配。僕はニンマリ微笑んで、胸のポケットからペルメルの箱を取り出した。捜しものはここにある。

一本ぬいて火をつけた。

「わたくしの名前は鶴見英子と申します。御覧の通り、一週間前に夫に先だたれたばかりで、現在は喪に服している身です」

「それはおくやみ申し上げます」

煙草をあきらめたらしい親父が答えた。

「夫とわたくしの間には子供はありませんでした。夫は、亡くなる前に七十二回の誕生日を迎えておりましたので……」

おわかりでしょう、といいたげな口ぶり。僕は親父の代わりに口笛を吹いてやった。

あんなに色っぽいおばさまと七十二歳の爺《じい》さまが暮らしていれば、長生きできるわけがない。

「ですから残されたのは、わたくしひとり、先日まではそう思いこんでおりました。ところが――」

よくある話なのだよ、うん、うん。

「夫には、子供がおりましたの。女の子で、年は今年十七になると遺言書に書かれておりました」

「御存じなかったわけですな」

「はい。年の差こそございましたが、わたくし達夫婦は愛しあっておりましたし……。夫も打ち明けにくかったのだろうと、今は思っております」

雰囲気が怪しくなってきた。愛しあっていた、なんて臆面《おくめん》がなさ過ぎるお言葉だ。

「大変失礼なことをお訊《き》きしますが、奥様は御主人の……」

「二人目の妻でした。最初の方との間にも子供はできないまま、二十年前に、死に別れたそうです」

「奥様と御結婚されたのは？」

「二年前です」

「わかりました。どうぞお話を続けて下さい」

「はい。主人は、たった二年ですが、わたくしには大変よくしてくれました。その上に財産の半分を遺《のこ》してくれたのです」

「すると残りの半分は、そのお子さんに……」

「はい。わたくしもそれで充分だと思っております。夫の遺産は、すべてあわせれば十億近い額になりますし」

「十億！」

「まだ概算なので。もう少し上回るかもしれません」

「それは大変な額ですな。で、そのお嬢さんは――」

「お願いに上がったのも、その件なのです。実は、今現在、その子がどこで何をしているのか、まったくわからないのです」

「するとお嬢さんを捜し出すことを――」

「はい」

「承知しました。お引き受けしましょう」

「少しでも何かのお役に立てば、と、遺言書の写しを持って参っております」

「それは助かります。ところでひとつお訊きしたいのですが、亡くなられた御主人は何をしていらしたのですか？」

「鶴見情報社という、いわば冴木さんと同じような仕事をやっておりました。ひとりで」

「鶴見情報社！　すると亡くなられた御主人の名は――」

「鶴見康吉と申します」

「！」

親父がたまげた気配が、明らかに伝わってきた。

2

依頼人の、奥様こと鶴見夫人が帰ると、僕は自室を出て行った。親父がいつになく難しげな顔をして、腕を組んでいる。

「どうした、親父」

僕がペルメルの箱をほうると片手でキャッチし、無言で一本ぬき出した。煙草を隠していたことについては、多少の嫌味も覚悟していた僕が拍子ぬけするほどの静けさ。

「鶴見康吉か……」

親父はポツリと呟《つぶや》いた。

「依頼人の、死んだ旦那《だんな》さんを知ってる？」

「名前はな」

「十億とは、残したものじゃない。同じ商売とかいってたけど、ちがうもんだね」

親父は首を振って、煙草の灰を落とした。

「鶴見康吉はな、戦後最大の強請屋《ユスリ》といわれた男さ」

「ユスリ屋？」

「政界、財界、ありとあらゆる世界の大物の弱点を徹底的に調べ上げ、握っていた。あの老人が、それをどうやって手に入れたかは、誰も知らない。だが、誰がどこに妾《めかけ》を囲い、何人子供を産ませたとか、家柄を偽っているとか、ごまかした所得をどんな手段で隠しているとか、人の弱みはすべて知っている人間だった。また、それを調べ出す腕については、伝説があった。『鶴見に頼んで、弱みを握られない人間はいない』とな」

「商社マン」だの「オイルビジネスマン」だの「行商人」、あげくの果てに「秘密諜報《ちょうほう》員」だのと、自分の怪しげな職歴をごまかしてきた親父のことだ。そういったダークサイドの人種に顔が広い点で、驚くにはあたらない。

「ユスリ屋も死んじゃったら、ただの人さ」

「ふむ。あの老人が殺されたとは考えられん」

「どうして？　ユスリ屋なら恨みも買われていたろうに」

「それは恨まれてはいた。だがそれ以上に、恐れられてもいたんだ。鶴見康吉は、いつも法外な金は要求しなかったといわれている。強請《ユス》られる側にとって、痛くはあるが、どうにもならないほどの金額ではなかった。多少、無理をすれば何とかなる額だった。その金を出し惜しんだあげく、自分の地位を失うくらいならば、払ってしまおう、と思わせるだけの額をつけたんだ。そして必ず契約は守った。金をもらった相手を裏切ることは決してなかったんだ」

「だからってなぜ恐れる必要がある？」

親父は溜《た》め息をついた。僕のことを明らかに子供扱いした仕草だ。

「いいか、強請屋ってのはな、自分が握っている情報だけが財産なんだ。だから他人に打ち明けることはできない。おまえのように単純な連中なら、強請られれば、すぐに消そうとするだろう。そうならないためには、弱みを握って握って、握りぬく。そして万一、消し損ねたら、相手は破滅するとわからせておくんだ。事実、消し損ねて破滅させられた人間はいくらでもいる。また、うまく消したとしても、情報が何らかの形で世の中に公開されないとは限らない。その恐怖を持っているのは、強請られている側すべてだ。もしこちら側に強請られている連中のグループがあって、誰かがあの爺さんを消そうとしていることを知ったら、消そうとした奴を消すことを考えるだろう。わかるか？」

「わかるよ。ひとりのために皆が迷惑する――それなら、というわけだろ」

「馬鹿じゃないようだな」

僕はむっとして、親父の前に腰かけた。

「じゃあその爺さんが死んだ今、強請られていた連中は？」

「死んだのは一週間前だ。老人が握っていた莫大《ばくだい》な情報がどこへ行ったか、消えたのか、誰かに残されたのか、息を潜めて見守っているだろう」

「殺されて死んだのなら、とっくに情報は公開されているわけだ」

「とうに新聞や週刊誌は、政治家や財界人のスキャンダルを連日書きたてているだろうな」

「なるほど」

僕は親父と向かいあって腕を組んだ。

「ただ色っぽいだけのおばはんじゃなかったんだな」

「とんだ狐だ。俺が旦那の正体に気づいても、素知らぬフリを通して帰った」

「とにかく仕事は仕事だよ、親父。その娘のいどころを捜したら？」

「十七歳、おまえと同じ年で五億の遺産相続人か。おまえにも金持で身寄りのない叔父《おじ》さんか叔母さんがいたらよかったのにな」

「よくいうぜ。僕だって、生まれたくてあんたの息子になったわけじゃないんだぜ」

僕がいうと、親父はわざとらしくのびをした。

「あーあ、また眠くなってきた。遺言書を見た限りじゃ、たいして難しい仕事でもなさそうだ。ガキの相手はガキが一番だ。この仕事、おまえに任せる。うまく見つけりゃ、この坊や頼りになるわ、なんてツバメにしてくれるかもしれんぞ」

これが親の言葉とは、情なくて涙も出ない。僕は右手をさし出した。

「何だい」

「親が頼りにならない憐《あわ》れな息子が、この世で信ずるものはただひとつ」

「おまえね、今から俺の財産取り上げてると、死んだとき遺産が一文も入らないよ」

「御冗談を。我が愛《いと》しき父上の信条が『子孫に美田を残さず』だと、わたくし、よーく存じておりますから……」

万札を朝に続いてもう一枚巻き上げた僕は、愛車NS400Rのキイを取り上げた。

鶴見康吉老人の遺言書に記されていた〝幸運〟な女の子の名前は、康子。康吉氏の名を一字取って名付けられたのだ。

母親は、向井直子、十八年前は銀座のクラブに勤めていた。鶴見康吉老人が最初の妻に死なれて以来、今の奥さんと出会うまで独身を通したのは、向井直子の存在があったからだ。

老人は彼女に新たな店を与え、愛人としての契約を結んだ。その契約は十年間で切れたが、その間に子供をひとり産んだというわけだ。

鶴見老人の遺言書によると、彼女は契約が切れた後は決してつきまとったりしなかったようだ。女手ひとつで子供は育てる、あとの心配はしないでくれといったという。母親にしてみれば、稀代《きたい》の強請屋の娘として、数奇な人生を子供に歩ませたくなかったのかもしれない、なんて高校生の僕が考えるにしてはマセ過ぎかな。

とにかく、遺言書には老人が買い与えた店の住所と名前が載っていた。NS400Rで夕方の銀座までかっ飛ぶ。

七丁目の交番で該当する番地を訊《たず》ねると、お巡りさんは怪訝《けげん》な顔をしながらも教えてくれた。

そのバーのあったビルは残っていたが、店はもうなくなっている。向井直子は店を売ったのか貸したのか、僕は手近な不動産屋にとびこんで訊ねた。

転校したクラスメートの母親が銀座で商売をやっていて、今は住居がわからない。捜している——なんて作り話を並べれば、何せこちらは学生証つきの高校生、不動産屋のお兄さん方も割と真剣に答えて下さる。

あたり一帯の不動産屋を回り、三軒目で、僕はそのバーを買い取ったという会社の名をつきとめた。

バーが売りに出されたのは八年前、つまり向井直子と鶴見康吉の愛人関係が切れた時期と一致する。買い取ったのは四谷に本社がある天野物産という会社だった。

天野物産の住所を頭にメモし、今度は四谷へ。時間帯と雨のせいで都心はひどい交通渋滞が起きているが、バイクには関係ない。

午後五時十分には四谷の天野物産ビルの前に到着していた。

ここで向井直子・康子母娘の現住所がわかれば、何のことはない、半日で調査が終了したことになる。それで僕が一万円、親父が調査費全額というのは、あまりに不当ではないか。

天野物産ビルは茶色い外装の八階建てで、外苑《がいえん》東通りに面して建っていた。一階には、こぎれいなカフェテラスが入っている。他にもテナントの看板によれば、『天野実業』

『アマノプロ』『オフィス・テン』などと関連会社が入っている様子。

バイクを駐《と》めた僕は、とりあえず軽い気持でビルのエレベーターに乗りこんだ。
二、三階が天野物産本社となっている。二階で降りると、エレベーターホールの前の受付へ。
応対に出たのは紺の制服を着たお姐《ねえ》さんだった。その背後にある衝立《ついたて》の向こうでは電話が鳴ったりしているものの、時間のせいか人のいる気配はない。どうも何をしているのかよくわからない会社だ。

お姐さんにかねて用意の作り話を並べると、衝立とは反対側にある、小部屋へ案内された。今、係の者が参ります、ってな寸法。

ほんの二畳ほどの小部屋には安物の応接セットがあって、テーブルには灰皿ものっている。しばし待つ間の一服、という要求がこみあげるが、高校生と身分を明かした手前、紫煙くゆらし、とはいかない。

「どうも……」

五分ほど待っただろうか、ドアが開き、がっちりした体格の男が現われた。

黒のスーツに赤のタイ、頭はパンチパーマで決まっている。やくざブランド丸出しとはいかないまでも、かなりそれに近い趣味の持主だ。

「うちの箱の前のオーナーを捜しているんだって……？」

言葉遣いも横柄で、頭からガキとなめきっている様子。そこは殊勝に、

「はい。転校したクラスメートのお母さんがやってらした店なので」

「ふーん、君、高校生」

「都立のK高校です」

「学生証、持ってる？」

こちらはその言葉を待っていた。はい、と渡すと、男は免許証を調べるお巡りさんのような目付きでそれをためつすがめつ、

「前のオーナーというと、『マドレーヌ』？」

返しながら探りを入れてくる。

「いえ、確か、お母さんの名前をとって『直《なお》』だと思います」

「あーあ、『直』ね」

わかっているくせにトボけてみせるあたり、簡単にいく相手ではなさそうだ。

「すると『直』のママのお嬢さんか、クラスメートってのは」

お嬢さんとは、こちらはひと言も申し上げていない。つまりは知っている証拠。

「はい。僕と同じ高二で、名前は康子さんです」

「ふーん」

男はにやりと笑った。

「で、今どこにいるか知りたい、と」

僕はしおらしく頷《うなず》いた。純情一路な隆クン。

「そうね、うちらのような商売では、原則的には、お客さんの住所や連絡先を教えちゃいかんことになっとるけど、まあ君は高校生だし……」

「お願いできますか？」

「今すぐにはわからんよ。何せ、うちもいっぱい箱を持ってるからね。昔の取り引き相手の住所を全部覚えているわけじゃない。調べてみましょう。君、電話番号、教えておいてくれる？　明日にでも連絡するから」

「あの、もしあれでしたらこちらからまたうかがいますが……」

　とは一応いってみた。

「いやいや、それには及ばないよ。君を信用することに決めたから」

　と、またにやり。あんたが信用してくれても、こっちは信用しちゃいないから、とはいえない。あまり渋ってもまずい。僕は、事務所で使っていない方の番号を教えた。

「わかりました。冴木君だね」

　男は手帳にメモすると、覚えておくよ、とでもいうように僕の顔をじろりと見た。

「あの、そちらのお名前は」

「私かね、私は三木。天野物産の、いわば苦情係だね。こういう商売をやっていると、君のようなのだけじゃなしに、いろんなのが来るからね……」

　はあ、経験に乏しい高校生にはわかりません、てな顔で頷くと、三木はさもわかったような顔で、わっはっはと笑ってみせた。

僕がわっはっはと笑ったのは、天野物産を出て、バイクにまたがり、フルフェイスのメットをかぶってからだった。これで三木が連絡をよこしさえすれば、一件落着でなもの。

親父に、エクストラ・ペイを要求する権利があるな、などとにこやかにかっ飛んだ。

サンタテレサアパートに帰りついたときには、日が暮れていた。まずは報告と、二階に昇ったが、事務所は空っぽ。殊勝な息子に仕事を押しつけた、因業親父は、またしても麻雀に出かけた様子。

一度勝つと、またすぐ勝てると思いこむ単純さ。今度はケツの毛までむしられて、こちらのエクストラ・ペイまでがフィになりかねないと心配したが、後の祭りだ。仕方なく僕は『麻呂宇』に降りて行った。

夕食どきの混み始めた『麻呂宇』のカウンターにすわり、星野さん手製のハンバーグ・スパゲティを平らげた。

「星野さん、親父見かけなかった?」

白系ロシアの血をひき、クリストファー・リーもかくやとばかりの貴族的な風貌《ふうぼう》を持つ、星野さんはいつも通りの、にこりともしない表情で、

「隆さんが出かけられたすぐ後に、出ていかれましたよ」

と、教えてくれた。

「クソ親父、福祉一一〇番に通報してやるぞ」

呟《つぶや》くと、女子大生と、この秋のファッションについて喋《しゃべ》りまくっていた圭子ママが振り返った。この人、年齢をはるかにこえたファッションをいたく好まれる点さえのぞけば、申し分のない大家なのだが。

「涼介さん、渋かったわあ。あれニノ・セルッティね、いい色のスーツ着て」

とすると麻雀ではない。麻雀屋に一張羅で乗りこむほど、我が家のワードローブは豊かではないのだ。

するとどこへ出かけたのか。息子にツバメを勧めておいて、アワよくばヒモに、などと不埒《ふらち》な考えをおこしたのかもしれない。麻雀よりは、その方がアテにはなる。性格はともかく、涼介親父は見てくれだけは整っている。ヒゲと長身がお好みの向きには、タイプといえなくもない。年もまだ三十九だし、これからひと花咲かせていただいても、息子としては困ることもない。ただしそのときは、サンタテレサアパートを追い出される覚悟は必要だろうが。

考えても始まらない。御馳走《ごちそう》さんをいって、僕は『麻呂宇』を出た。我々親子には、ある一点をのぞいて、互いの主権を尊重し、干渉しあわないという暗黙の協定がある。例外の一点とは、僕の家庭教師、麻里さんだ。

彼女だけは、あの好色親父の手にかけさせるわけにはいかない。

『麻呂宇』の裏手にある階段を昇った僕は、鍵《かぎ》をかけずに出た事務所のドアを開いた。つけて来た室内の明りが消えている。

「何だ、早かったじゃん」

声をかけながら入った僕の腎臓《キドニー》に何かが叩《たた》きこまれた。激痛に呻《うめ》いて膝《ひざ》をついたとたん、したたかに顔を蹴《け》り上げられた。

素早く誰かがドアを閉め、錠をおろす。部屋の中はブラインドがおろされ、真っ暗だ。

相手はひとりじゃなかった。

噴き出した鼻血を拭《ぬぐ》う暇も与えられない。髪をつかまれ、仰向《あおむ》けにひき起こされた。

「よう……」

喉《のど》に軽い手刀をくらい、僕は咳《せ》きこんだ。

「よう、聞けよ」

鳩尾《みぞおち》にパンチ。両腕はうしろにしぼり上げられている。

「つまんねえ与太とばしているのはいいや、なあ。けどなっ」

再び鳩尾にパンチ、吐きそうになった。

「向井直子の娘、捜すんじゃねえぞ、おい」

裏拳《うらけん》が頰を襲った。口の中が切れる。

「つまんねえこと考えるなよ。小遣い稼ぎなんてのはな――」

またまた裏拳、奥歯が一本折れた。

「そこらの中学生でもカツアゲてやれや、な……」

鳩尾に二発、きつめのショートジャブだ。

「わかったか、わかったな？」

頬をぴたぴたと叩かれた。

「わかったな！」

アッパーだ。止まっている目標相手だ。難しくも何ともなかったろう。喰《く》らったこっちも、ブラックアウトするのが難しくも何ともないパンチだった。

3

「……ずいぶんと可愛がられたな、おい。聞こえるか――」

「リュウちゃん、リュウちゃん……」

「気持悪いよ、死にそう」

「ほら、しっかりして」

目を開けた。麻里さんと親父の顔が両方一度に見えた。重なって、まるで抱きあっているようだ。すぐに目を閉じ、いった。

「きたねえぞ、親父。麻里さんとデートしてたのか」

「ちがうわよ。近くで飲んだから、酔いさましに寄ったの。今日はあちこちで一斉、やってるから……」

「大丈夫か、リュウ」

「大丈夫なわけないだろ。キドニーに一発、喉に一発、プレクサスに四発、とどめが鳩尾《みぞおち》にガンだぜ。利いたよ、ボクサー崩れだ。殴りどころ、心得てやがんの」

「おまえだってボクシング部崩れだろ。おい、目を開けろ」

強引に瞼《まぶた》をこじ開けられ、スタンドの明りを浴びせられた。

「何だよ、眩《まぶ》しいよ」

「ふん、頭は大丈夫だ。瞳孔《どうこう》もちゃんとすぼまってる」

「あーあ……」

僕は上半身を起こした。とたんに後悔した。理由はふたつ。ひとつは、ひどいめまいがして吐きそうになったこと、もうひとつは、今まで頭をのせていたのが、すべすべした麻里さんのあんよの上だったと知ったからだ。

「誰にやられた？」

僕がソファの上に這《は》い上がると、親父がネクタイをゆるめ、訊《たず》ねた。

「待った。その前に、僕の第一発見者は？」

「あたし」

麻里さんが膝をはたきながら立ち上がっていった。

「さっきもいったように、この近くのフランス料理屋さんでちょっとした会があったの。そこでワインを飲み過ぎちゃって、リュウちゃんや涼介さんとお喋りでもして、酔いをさまして帰ろうと思ったのよ。それで寄ったらどう、フクロにされちゃったリュウちゃんがのびてるじゃない。とにかく介抱していたら、間をおかずに涼介さんが帰って来たの」

女暴走族の前身を匂わせる専門用語入りで、麻里さんは説明してくれた。

「サンキュー。そのサテンのドレス、すごく似あうよ。ところで、それ何時頃？」

「そうね、九時頃、かな」

優に二時間はのばされていたのだ。

「おのれ、あいつら……」

「何があった？」

「あんたの代わりに勤労に励んだ結果だよ。四谷の天野物産の三木って奴が、その回し者」

寝そべったまま、今日の出来事を二人に話して聞かせた。その間、麻里さんが濡《ぬ》れタオルで顔をふいたり、冷やしたりしてくれた。

これはもうけ。

「向井直子の娘に手を出すな、そういったんだな」

「はいな。三木の奴、はなからトボけてたにちがいないね。向井康子のことを嗅《か》ぎ回られるのが何しろ気にくわない——そんな感じ」

親父はデスクの上に尻《しり》をのせ、ペルメルをくわえた。火をつけ、一服吸いこむと、弱々しく手を振った僕の唇にはさんでくれた。

「殴られ賃だ、一本やるよ」

「高い煙草ね」

麻里さんがクスッと笑った。

「親父はどこに行ってたんだ?」

「鶴見康吉のスポンサーたちの動きを探りに、ちょっとな」

「どんな具合?」

「皆、疑心暗鬼だ。鶴見の爺《じい》さんが棺桶《かんおけ》の中まで自分達の秘密を持って行ってくれたかどうかとな」

「それとリュウちゃんを襲った連中との間につながりはあるかしら」

僕がのびている間に、親父から今回の依頼の内容を聞いていたらしい麻里さんがいった。

「わからん、あるかもしれんし、ないかもしれん。だが鶴見の爺さんが死んで、今まで強請《ゆす》られていた連中同士が結んでいた安全保障条約が無効になったことは確かだな」

「親父があたったスポンサーは、どんな人種?」

「それは今にわかる」

親父はにやっと笑った。

「俺達が鶴見の爺さんの未亡人の依頼で動いている限り、ウンカのように群がって来る奴らがいるさ」

鶴見の爺さんが残したかもしれない情報はともかくとして、昨夜の連中が僕の体のあちこちに残してくれていったアザの片はつけなければならない。僕、冴木隆は人に借りを作ったまま生きていけるほど、良心に欠ける人間ではないからだ。

翌日、親父が再び朝からどこかに出かけると、僕はNS400Rに乗りこんで四谷に向かった。

天野物産の三木には訊《き》き洩《も》らしたこともある。向井母娘の住居だ。

三木は向井母娘とかなり深いつながりがある、と僕はにらんでいた。

喫茶店やガードレールの上をハシゴして、時間を潰《つぶ》した。三木は昼少し過ぎになって、ようやく姿を現わした。白のクラウンを運転している。

再び待つことしばし。夕方、午後四時過ぎに三木は天野物産ビルを出て、クラウンに乗りこんだ。

今日の僕は革のツナギにフルフェイスのメットだ。ぴたりとうしろに付いたところで三木に気づかれる心配はない。

クラウンは外苑東通りを北に向かってまっすぐ進み、牛込柳町をぬけ、目白通りにつきあたった。左に折れて学習院のかたわらを過ぎ、少し走ったところで右に曲がる。あたりは閑静な住宅街だ。そのうち一本の袋小路でクラウンは駐《と》まった。あこぢんまりとしてはいるが、金がかかっていそうなマンションの前だ。

袋小路を通り過ぎたところでバイクを駐め、マンションの建物内に入って行く三木を見送った。一分ばかり待って、僕も中に入った。タイル張りのロビーは、入って右手に郵便受けがあり、正面がエレベーターホールだ。

表示ランプは三階で止まっている。

郵便受けの三番台を見た。

「三〇二、向井」というプレートがちゃんとある。ざまを見ろだ。早速、案内してくれたとはかたじけない、といいたいくらい。

どうすべえか考えていると、エレベーターが動き出した。三階からロビーに向かって降りて来る。

僕はあたりを見回した。幸いにしてロビーは無人で、僕のブーツにはモンキーレンチが差しこんである。これで三木の頭にブラッシングを施してやるのも悪い考えじゃない。早速に、手にしていたフルフェイスをかぶった。万一の目撃者に備えたのだ。

レンチを握った手を背中に回し、僕は扉が開くのを待った。

扉が開いた。僕は中を見て、危うく出しかけた手をひっこめた。四人もの男が乗っていたのだ。中央に三木がいる。他の三人は、ガチガチ、正真正銘のやくざだ。

「……ってくれ、俺は本当に——」

「黙れ！」

蒼《あお》い顔をして喋《しゃべ》っていた三木を、先頭のやくざが怒鳴りつけた。どれも場数たっぷり。

そこらのチンピラとは段ちがいの迫力がある連中だ。

特に先頭のは四十歳そこそこ、細面だが背中が寒くなるような目付きをしている。

そいつがメットごしに僕の顔をじっと見つめた。この場はシカトに限る、そう決め、僕は素知らぬフリでエレベーターに乗りこんだ。

三木は完全に怯《おび》えている。どうやら、待ち伏せされ、さらわれる途中のようだ。

どうなっているのだ、これは。

とにかく二階のボタンを押し、扉が閉まるにまかせた。

二階でエレベーターを降りると、階段を使って三階に昇る。三〇二号室の前まで来た。メットを脱ぎ、インタホンを押す。

返事はない。

ノブを回してみた。鍵《かぎ》はかかっていなかった。ドアを開け、目をむいた。

室内は徹底的に荒らされている。台風の後、竜巻が襲い、直下型大地震が仕上げを施した、といった具合だ。

カーペットはめくられ、畳は上がり、ソファやマットはズタズタに切り裂かれている。無論、タンスだの机だのといった類《たぐい》は、中味をぶちまけられていた。人の気配はない、まったく。

レンチを手に、不法侵入を犯した。部屋は割と豪華な二ＬＤＫだ。向井母娘は決して、生活に苦労していなかったようだ。

奥の、同様に無残な六畳間で、僕は目当てのものを見つけた。ハンガーで吊《つ》るされた女子高校の制服だ。自慢じゃないが、東京二十三区の女子高校の制服は、ひと目でどこのものかわかるのである。

レンチをブーツに戻し、向井母娘の部屋を後にした。三木にお返しをしてやれなかったのは残念だが、あのぶんならプロのやくざ屋さんがきっちり、僕の恨みを晴らしてくれるにちがいない。

サンタテレサアパートに帰りつくと、事務所では麻里さんが待っていた。

「あれ、どうして？」

「何いってんの、今日は金曜日よ」

麻里さんはジーンズにだっぷりしたセーターを着こんでいる。それでも胸のあたりはきつそう。やっぱり、年増のおばさまは親父に任せて、僕はこちらがいい。

「そうか、お勉強日ね」

金曜は家庭教師、麻里さんの御出勤日。

「それより傷の方はどう？」

「お姉さまの優しい介抱で……」

いいつつ、ブーツからレンチを取り出し、ツナギのファスナーをおろした。

「リュウちゃん、何それ」

「きのうのお礼をしようと思ったんだけどさ」

僕は肩をすくめた。

「詳しいことは親父が帰って来たら話すよ」

「私が来てから電話が何本も入ったわ。皆、涼介さんを捜しているみたいよ」

「どこの借金取り？」

「ちがうわよ。どこの誰かは名乗らないの。ただいつ頃帰って来るかを、しつこく訊いて切っちゃうの」

「失礼な奴ら」

麻里さんは頷《うなず》いて、メンソール煙草に火をつけた。僕は自室のドアに手をかけ、

「これから着替えるんだけど、体が痛くって。手伝ってくれる気ある？」

「甘えんじゃないの」

百円ライターが飛んできた。

親父が帰って来たのは、それから三十分ほどしてからだった。どういう風の吹き回しか、今日もネクタイをしめている。こう毎日、お洒落《しゃれ》をしているんじゃ『麻呂宇』のママが気を回しかねない。

麻里さんが作ってくれたカレーを三人で食べながら、僕はあらましを説明した。

「とにかく、物騒な連中がかんできたことはまちがいないね。鶴見の爺さんの遺産が狙いなのかな」

「かんじんの向井母娘はどこなの？」

「避難中と見るべきだろうな」

親父がいった。

「それについちゃ、まだ道はあるよ」

と僕。

「あの部屋には向井康子の通う女子高の制服がかかってた。J学園のセーラー服」

「J！」

麻里さんが、僕にお代わりをよそってくれながら叫んだ。

「ひどいところに行ってるのね。スケ番か芸能人しかいない学校じゃない」

「麻里さんがいうんだもん。相当だな、こりゃ」

「お代わり、いらないのね」

「御免」

「三木がさらわれたのは、その母娘のいどころを吐かせるため、と見てまちがいない」

「五億だもんね」

「いや……」

親父は首を振った。

「母娘を捜している連中にとっちゃ、それは端金《はしたがね》だな」

「じゃあ何が狙いなの？」

「それをこれから確かめにいこうと思うんだ。リュウ、こっちを向いてみな」

親父はまじまじとひとの顔を見つめた。着替えた僕のTシャツをまくりあげて、腹も観察する。

「一日たって大分いい色になってきたな」

「しばらくは女の子に見せられないよ」

溜《た》め息をついて僕はいった。実際、顔と背中のアザがひどい色あいなのだ。

「何をする気？」

「強請屋の未亡人を強請る、てのはどうだ」

親父はにやりと笑った。

4

走るのが不思議、という親父のステーションワゴンで、僕と親父は成城に向かった。

麻里さんには、今日の勉強はお休み、ということでお引き取り願った。

鶴見康吉老人の住居は、さほど大きくはないが、がっちりとした造りの二階家だった。大きくないとはいっても、それはあたりのお屋敷と比較しての話。二百坪近くはあるだろう。高いブロック塀と、その天辺《てっぺん》に張り渡された有刺鉄線がものものしい。

インタホンを通し、こちらの名前を告げると、例の黒墨とかいうファニーフェイスゴリラが頑丈な門扉を開けに現われた。どうやら運転手兼用心棒で住みこんでいる気配。

「こっちだ」

えらく無愛想に僕らを案内する。親父の命令で、僕はジャケットにポロという、こざっぱりした服に着替えていた。

通されたのは、一階中央の、でかいシャンデリアが下がった応接間だった。正面にカウンターバーなどあり、陶器のコレクションも金がかかっている。十億どころか、もっとありそうな雰囲気。

「奥様はじきにおいでになる、待ってろ。ただし庭には出るな。ドーベルマンが二匹、放し飼いになっている」

ゴリラは横柄な口調でいって、屋敷の奥にひっこんだ。

「おっかねえ。晩飯にされちゃうかな」

「大丈夫だ。俺たちの体より、うまい物を食わせてもらっているだろう」

親父はごつい革張りのソファに腰かけ、脚を組んだ。

「それより、リュウ、なるべくせつなそうな面をしてろよ」

何だかひと昔前の当たり屋になったような気分。

「お待たせしました」

ニットのワンピースを着けた鶴見夫人が登場した。ボディラインがくっきりと浮かび上がる素材を使っている。おまけに、自宅では下着をお着けにならないらしい。胸のぽっちりふたつに、僕はまたまた、心の中で麻里さんを裏切りそうな気分。

しかも、湯上がりなのかすごくいい香りを発散させている。

「あら、黒墨ったらお飲み物もさしあげないで」

色っぽく笑って、夫人はカウンターにとりついた。

「冴木さんは何がよろしいかしら。ブランデー、それともスカッチのオン・ザ・ロック？」

「いえ、車なので……」

親父もクールなところがある、と思いきや、

「ビールをいただきます」

「そちらの坊やは？」

「リュウと呼んで下さい。ち、いや所長と同じものを」

「まあ、おませさんね」

いいのかね、初七日明けの未亡人がこんなに色っぽくて。

夫人は手ずからバドワイザーを渡してくれ、僕らの向かいにすわった。

「じゃあわたくしは、ブランデーをいただくわ。乾杯」

素早く膝《ひざ》を組み直せば、どきりとするほどの眺めだ。僕は何となく、あのゴリラの気持がわかるような気がした。

「それで、調査の方の進展はいかが？」

「それがですね」

親父は口をつけただけのグラスを置いて、僕に向き直った。

「リュウ、ちょっと奥様に御覧にいれなさい」

「はい」

僕は、失礼します、と呟《つぶや》いて上着を脱ぎ、シャツの裾《すそ》をまくり上げた。

「まあ……」

青、赤、黒、混じりあった見事なアザを出して見せる。

「あ、痛てて……」

などと、わざとらしく歯をくいしばり、

「どうなすったの？」

夫人は、僕と涼介親父の顔を交互に見つめた。親父は軽く咳《せき》ばらいをして、

「仕事がら、危険なケースにぶつかることはないでもありません。しかし今回の御依頼には、特に危険があるとは思えませんでした。そこで、アシスタントの彼にも協力をしてもらったわけですが、昨夜、調査から帰って来た彼は何名かの暴漢に襲われたのです」

「どうして――」

目を見開き、眉根《まゆね》に皺《しわ》をよせた顔が実に色っぽい。

「どうやら康子さんを捜して欲しくない人間達がいるようですな」

「まあ……」

「それとは別に、懸命になって捜しているグループも。どちらもひどく荒っぽい連中です」

「なぜかしら、主人の遺産が目当てなのかしら」

「そう、多分……」

そういって親父は夫人を正面から見つめた。

「正直におうかがいしたいことがあります」

「何でしょう」

「御主人が遺《のこ》された財産の内容です」

「この家と美術品、それに現金や株券など、先日も申し上げたように約十億ですわ」

「いいや、ちがう」

親父はいって首を振った。

「私が申したいのは、奥様に遺された、という意味ではないのです。御主人が遺されたといいました」

夫人がすっと息を吸いこんだ。瞳《ひとみ》がせわしなく動く。

「……」

「おわかりでしょう。鶴見老人の本当の遺産に比べれば、この家屋敷の十億など、たいした額ではない。だからこそ、あなたは御主人のお子さんを捜したかった。そして他にも、同じ目的で捜している連中がごまんといる。ちがいますか？」

夫人は親父の目をじっと見返した。次の瞬間、大きな笑い声をたてた。白い喉《のど》をのけぞらせ、肩を震わせて笑う。

「素敵！　素敵よ、冴木さん。あなたがそんなにシャープな方だとは思いもよらなかったわ」

「恐縮ですな」

「わたくし人選を誤ったのかしら。それとも正しかったのかしら？」

小首をかしげ、涼介親父の瞳の奥をのぞきこむように、夫人はいった。

「おそらく正しかったのでしょう」

「だといいけど。冴木さん、わたしと組んで下さる？」

「そのためにうかがったのです」

「いいわ。じゃあ改めて契約成立ね」

「知っていることを全部話して下さい」

「ええ、わかったわ。わたくしが主人の娘を捜して欲しいとお願いしたのは、もう一通の遺言書があったからよ」

「ほう？」

「それは娘の康子に宛てたもので、それには、主人の財産はすべて康子におくると書かれていたの」

「なるほど、開封したわけですな」

「ただし、それがどこにあるかは遺言書に載ってはいないの。『康子にはわかるはずだ。それをどう使おうとおまえの自由だ。お父さんはそれを、おまえに与える』とだけ。二年間、あの年寄りに懸命につくした、わたしには何も遺していないのに……」

夫人は表情を一変させ、いまいましげに吐き捨てた。

「それでも五億はあなたのものになる」

「何よ、そんな端金《はしたがね》。鶴見の本当の財産は、そんなものじゃないわ。この日本を動かすことができるほどのものよ」

「鶴見情報ですか」

「そうよ。それを、あの爺《じじ》いはどこかに隠して、場所を娘にだけ教えたのよ。冗談じゃないわ。使い方も知らない十七のガキにそんなものを渡してどうするのよ。あれはわたしのものよ。何としても捜し出して、手に入れるわ、当然の権利なんだから……」

ブランデーを呷《あお》り、夫人は、僕の目の前であるにもかかわらず、涼介親父にすがりつかんばかりになった。

「ね、わたしと組みましょ。そうなればこの世は思いのままになるわ。小娘を捜し出して、爺いの情報を手に入れるの。いいでしょ」

夫人の指が、親父の背や太腿《ふともも》をまさぐった。

「そのための相談、ゆっくりしない？　今夜はまだたっぷり時間があるわ」

完璧《かんぺき》な色仕かけ。見ていられない。親父がその気になっていることは一目リョーゼン。

もっとも責めることはできない。横にいる僕ですら、妖《あや》しげな気分にさせられるほどの色気だ。

「アシスタントが今日は一緒ですから」

「意地悪。黒墨に送らせればいいわ」

親父はちらりと僕を見た。仕方がない。彼の本当の思惑はともかく、僕は片目をつぶってみせた。だが――

「まあ、今夜はこれでよし、としておきましょう。他にもどんな連中が出て来るかわからない。奥様の提案にも、正直、心が動くが、命あっての物種ですからな」

見事に色仕かけをしりぞけたのだ。立ち上がった涼介親父を、恨めしげに見あげる夫人に、いった。

「御依頼は御依頼。康子さんは捜し出します。話しあいはそれからじっくり」

さすがに夫人の立ち直りも早かった。

「いいわ。必ず見つけ出して。お礼は、何でも好きなものをさしあげるから……」

「覚えておきましょう。リュウ、行くぞ」

屋敷を出ると、僕は涼介親父にいった。

「やるじゃん。少し、見直したぜ」

「馬鹿。色仕かけなんてのは、罠《わな》の中じゃ一番初歩的なんだ。これから新手がどんどん出て来るぞ」

「新手？」

ステーションワゴンに乗りこみ、発車する。

「それより、J学園といったな、康子の通っている女子高。リュウ、道《ルート》はあるか？」

「任せなさい」

「そらみろ」

いって親父は笑った。

「ガキの相手はガキがやっぱり一番だ」


翌日の昼、僕はJ学園のある代々木に出かけて行った。以前、ちょっと遊んだ、理恵という女の子がJ学園にはいる。その子からJ学園のとっぽいのがたまっている喫茶店を教えられたことがあった。

『コック』という、大胆な名前のその店は小田急線の線路に近い一角に建っている。外見も中味も何てことのない店だが、使っているJ学園の生徒にとっては、制服を私服に着替えたり、煙草を一服つけたりするのに手ごろな店なのだ。

『コック』には十二時少し過ぎに着いた。今日は土曜だから、昼で授業を終わった連中が流れて来るとにらんだのだ。

予想通り、店の周りには、竹槍《たけやり》やスカートをつけ太目をはかせたような、とっぽいマークⅡやスカGが駐《と》まっている。もちろん、この店にたまるJ学園生のボーイフレンドのものだ。

バイクを店の前に駐めると『コック』の中に入った。既に、ボーイフレンド達が二、三人たむろっている。リーゼント、革ジャン、独創的とはいい難いファッションセンス。女の子は二人、どちらも制服姿だが、コンパクトに向かってのお化粧に余念がない。

だいたいこの店には、J学園の生徒か、それに関わっている連中しか足を向けない。まあ、どこの高校の近くにも、煙草や飲酒に目をつぶる代わりに、御贔屓《ごひいき》願っている喫茶店のひとつやふたつはあるものなのだ。

それだけに他人者《よそもの》が入って来れば、ひと目でわかる。案の定、僕が奥のボックスに腰かけると、カウンターの兄ちゃん達が、ばちくり、きつい眼《ガン》をとばしてきた。

コーヒーを注文し、僕は化粧に熱心な女の子達に話しかけた。

「ねえねえ……」

女の子Aがひきかけたアイラインの手をとめ、僕を見た。趣味が悪くなければ、僕の魅力は通じるはずだ。

「康子って知ってる？」

「ヤス子。なにヤス子？」

「向井」

ガタッという音がした。カウンターにすわっていた兄ちゃん達が立ち上がったのだ。

女の子Aは女の子Bを見た。Bが兄ちゃん達を見る。

「何だ、おまえ」

三人の兄ちゃん達の中で一番背が高いのが、かすれた声でいった。高校生じゃない。できの悪い専門学校生か四流大学生といったところだ。しかも、その声には聞き覚えがあった。とりあえず、そいつにはかまわず、いった。

「康子ちゃんの友達なんだ、僕。彼女、最近、学校来てる？」

「おい。おい！」

兄ちゃんが僕の頭を小突いた。

「静かにしてよ。僕、ファッションセンスのあわない人とは、お話ししないことにしてるから」

「何を!?」

そいつの顔面に、振り向きざまストレートをぶちこんでやった。テーブルを倒してひっくり返る。

「やだっ、ちょっと！」

女の子Aが腰を浮かせた。

「待っててよ、お話あるから。ね」

顔を血まみれにして立ち上がったそいつと、あとのふたりを連れて『コック』を出た。

ひとけのない線路沿いまで歩いた。

「野郎、さっきは油断したがな……」

そいつがボクシングの構えをとった。まちがいない。僕を待ち伏せた奴だ。向こうはミドル級、こっちはウエルター級といったところか。

僕は両手をだらりと垂らし、踵《かかと》を浮かせて待った。向こうは、こっちがボクシングをやっていることを知らない。体重差からいっても持久戦は不利だ。相手のスキをついて、一気にカタをつける、それしかない。

オープニングは、そいつの割と鋭い、右ストレートだった。だが、ジャブが得意なことをこちらは身をもって知っている。だまされず顔を外した。次の瞬間、ジャブがボディを狙ってきた。こちらはそれを待っていた。ブロックし、フックを相手の顔に叩《たた》きこんだ。

しまった、というように目が見開かれる。もう後はない。そこへもう一発、今度は体重をのせた右ストレートだ。フォロースルーもきまり、そいつの体が空中に浮かんだような気がした。

白眼をむいて仰向《あおむ》けに倒れる。

向き直ると、他の二人が後退《あとずさ》りしているところだった。どうやら最強打者をうちとられ自信を喪失したようだ。

そのうちの片方、かなりびびっている表情の兄ちゃんに軽いジャブを打ちこんだ。たいしたパンチじゃないが、殴られた、という思いがコタえたらしい。呻《うめ》いて尻《しり》もちをつく。

残ったひとりは駆け出した。それを見送り、尻もちをついた兄ちゃんの横っ面を二度ほど張った。

「誰にいわれたの？　僕を痛めつけろって」

「お、おまえなんか知らねえよ」

「広尾のアパートで会ったじゃん。暗がりでさ」

気づいたようだ。うっと喉《のど》の奥で声を立て顔色が蒼白《そうはく》になった。

「可愛がってくれたのは、今そこでのびてる兄さんだろ。大丈夫だよ、あんたにはもう荒っぽいことしないから」

目だけがくりくり動き、兄ちゃんは喉を鳴らした。僕はその前にしゃがみこんだ。

「教えてよ、ねえ。誰にいわれて待ち伏せたの？」

「み、三木さんだよ」

「天野物産のね」

「そう」

「ふーん。じゃあ向井康子はどこにいる？」

「知らねえ。本当だ」

「そうか。三木はどうして僕を襲《おそ》わせた？」

「そ、それは、康子のことを嗅《か》ぎ回られちゃ困るからだろ」

「どうして？」

「き、傷がつくからさ」

「傷？　誰の身に」

「康子だよ。デビュー前だから、変な噂はたててもらいたくないって――」

「三木さんがそういったの」

「そうだよ、この野郎」

張り倒した。

「きれいな日本語を使おう。康子と三木の関係は？」

「きまってるじゃねえか。タレントとマネージャーだよ。おまえ、強請ろうとしたんだろ、康子がスケ番だったことを種に……」

泣きベソをかきながら兄ちゃんはいった。僕は口笛を吹いて、体を起こした。

「何と、何と、そういうワケ」

5

「スケ番とタレントばかりの学校って、いみじくも麻里さんはいったけどさ、スケ番上がりのタレントもいるわけね」

「それが向井康子ってことか」

「そう。考えてみれば、天野物産のビルには芸能プロダクションが入ってた。康子に関しちゃ、御学友からもウラを取ったし。顔はスウィートだけど、なかなかに硬派の姐《ねえ》ちゃんなんだって。しかも歌の才能は抜群だったらしい」

「すると、おまえが可愛がられたのは、鶴見の爺《じい》さんの遺産とは無関係ということか？」

僕は頷《うなず》いて、拳《こぶし》の傷を舐《な》めた。親父は、報告を聞くときのいつものポーズで、両脚をロールトップデスクにのせている。

「まあ借りは返せたんだ。面白くないだろうがあきらめろ」

「それはいいよ。問題は康子の居場所さ」

「あたりはついたのか」

「まあね。話じゃ、二、三日前から行方不明だって。電話をもらった仲間が聞いたところでは、『変な奴らにつけ狙われているようだから、母さんと別々に身を隠す』っていってたそうだよ」

「スケ番だけに勘が鋭かったわけだ」

「康子をマークしてたのは、死んだ爺さんのスポンサーの誰かに雇われた連中じゃないかな」

「誰かじゃない。何組かのスポンサーが被害者同盟を結んだんだ。政治家、財界、派閥をこえてな」

「そいつらが三木をさらったやくざを？」

「そうだ。鶴見情報を手に入れれば、被害者が転じて、権力者になれるからな」

この二日間に親父は調べたらしい。

「だが狙っているのは連中だけじゃない」

「他にもいっぱいいる？」

親父は頷いた。その肩ごしに、宵闇が迫った広尾の街が見える。僕はのび上がり、いった。

「どうやら、そのうちの一組が来たようよ」

「ん？」

シルバーグレイのプレジデントがサンタテレサアパートの前に駐まったのだ。中からは、渋いスーツを着た男達が降り立った。私服の警官のようだが、それにしては身なりや車がいい。

親父はソファから両脚をおろすと、それを見て眉《まゆ》をひそめた。

「お知りあい？」

またぞろダークサイドの人種かと思いきや、物腰、風貌《ふうぼう》には知性が感じられる。

「リュウ、部屋にこもってろ。出て来るな」

真剣な口ぶりだった。相当、危《ヤバ》めのお知りあいのようだ。僕は肩をすくめ、言葉に従った。ドアを閉めぎわにいう。

「康子の居場所だけど、二、三日うちに立ち回りそうなところはつきとめておいたよ」

わかった、というように親父は頷いた。珍しく厳しい表情で戸口をにらみつけている。

そのドアがノックされた。僕は素早くひっこみ、室内インタホンに耳をあてた。

「これは、これは。懐かしい顔ぶれだな」

ドアを開けた親父が、低い声でいうのが聞こえた。張りのある声が答える。

「冴木。ヒゲをのばしたのか？」

「わざとらしいことをいうな。監視報告を受け取っていたろう」

僕は腕組みをした。いつ親父はム所に入り、仮釈放で保護観察がついていたのだ？

「前置きはぬけ、ということか？」

「俺はもう一般市民だ。規則だの、暗号に縛られることはない」

どうもちがう様子。

「いいだろう。水島、他に誰かいないか調べろ」

声が命じると「はっ」という返事が聞こえた。親父が厳しい声でいった。

「やめろ。ここは俺の住居だ。勝手な真似はするな」

にらみあっている気配。だがどちらともなく緊張感がほぐれた。

「息子がいると聞いたが？」

「遊びに出かけている。どうしようもない不良でな」

よくいうよ。

「知っているのか、息子は」

「知らん。話す気もない」

「隠すような話ではあるまい。親友の忘れ形見——」

「よせ！　前置きはなしといったぞ」

「……わかった。じゃあ単刀直入だ。鶴見情報を手に入れたら渡せ」

「こいつはお笑いだ。あんたらが街の私立探偵に協力を仰ぐのか」

「おまえはただの私立探偵じゃない」

それはそうだ、あれほどのヨタモンはちょっといない。

「見返りはあるのか」

「おまえには愛国心がないのか。もし、あれがつまらぬ人間の手に渡ったらどうなると思う？」

「さあな。興味はないね」

「金か」

「悪くない」

「副室長、こんな変節者のいいなりになることはありません。痛めつけて思い知らせてやりましょう」

若い声がいった。

「やめておけ、水島。おまえの敵《かな》う相手ではない。この冴木は本物のプロだ。一対一ではとても勝ち目がない」

本当かよ、おい。

「わからんぞ、俺もリタイアしてしばらくたつ」

「腕は衰えちゃいまい。若い衆の死体をかついで帰りたくないからな。それより、どうだ？　金なら用意する。鶴見情報をこちらに渡してくれる気はないか」

「あんたらに渡してどうなる？」

「どうもならん。ただ少しは日本が住みよくなるだろう」

「どうかな。所詮《しょせん》、ゲームの駒だからな」

「情報戦とはそんなものだ。ゲームをしているから、本物の戦争をせずにすむ。小さな地震を何度も起こすから、大地震を出さずにすむのだ」

「皆、そうやって思い上がる。世界の運命を自分が握っているとな」

「貴様もそのひとりだったのだぞ、冴木」

声が鋭くなった。

「だから、辞めたんだ。自分が神じゃない、ただの人間だと気づいたからな」

「恐くなったのか、親友が死んで」

「かもしれん。だがそのこととこれは関係ない」

「どうする、渡すのか、渡さんのか」

「もし手に入れた俺が渡さなかったら――」

「我々を敵に回すことになる。おまえほどのはいないとはいえ、全員を相手に、生きのびることができるか」

「……いいだろう。もし手に入れたら、そのときは連絡する。ただし監視はつけるなよ、もしついているのがわかれば、この約束はなしだ」

「こんな奴のいうことを信用するのですか、副室長!」

「水島、俺が冴木のことを何といおうがそれはいい。だがおまえは黙っていろ。おまえにとって、この男は大先輩なのだから」

「しかし――」

「内調を辞めたいのか、水島」

「いえ……わかりました」

なかなか、僕はフクシッチョーとかいう男に好感を持った。

親父が低い声で笑った。副室長もそれにあわせて笑い出した。笑いが止むと、いった。

「じゃあな、冴木。約束だ。電話番号は変わっていない。二十四時間待機も前と一緒だ」

「わかった」

男達の出て行く気配があった。やがて、親父の声がした。

「いいぞ、リュウ、出て来ても」

涼介親父はいつものポーズで両脚をデスクに上げ、煙草を吹かしていた。僕はその前に尻《しり》をのせた。

「何者？」

「何というか、まあ、昔馴染《むかしなじ》みだ」

それに頷《うなず》いて僕はいった。

「腹減ったよ、親父」

「傷、もういいのか？」

「おじんとちがって、回復が早いの」

「そうか」

親父は僕を見て、にやっと笑った。僕も笑い返す。

「それじゃあ、ごついステーキ食いに行くか」

「親父の奢《おご》りで？」

「……仕方ないな」

食事は期待通り、ごついものになった。六本木のステーキハウスでサーロインの十四オンスを平らげ、食後のコーヒーをすすりながら、僕はいった。

「さて一杯やりにいこうか」

「未成年が何てことをいう」

「仕事だよ。康子の立ち回り先」

「飲み屋なのか」

「といえば、そうだけど——」

J学園の御学友から、康子が親しくしていた遊び仲間を何人か訊《き》き出していた。その中で、康子がいざというとき頼りにしそうな人間がひとりいた。

「誰だ？」

「ミス・アリゲーター」

「おかまが売り物のタレントの？」

「そう。康子は極端な男嫌いで、そのせいかどうか、おかまやゲイボーイとは仲がよかったらしい。もともとそういう連中とつきあうきっかけになったのが、ミス・アリゲーター。何とアマノプロの所属タレントなわけ」

「とすると、三木が吐いている可能性もあるな」

「ところが康子は三木のこと、ひどく嫌っていたんだと。アリゲーターとは仲がよかったけれど」

「それで飲み屋というのは？」

「ミス・アリゲーターがやっているゲイ・バーがこの六本木にあるんだ。その名も『鰐《わに》の口』」

「ひでえ名だ。客がいるのか」

「結構はやってる。芸能人やスポーツ選手が御贔屓《ごひいき》で、それを目当ての一般客も来るって話」

「おまえ、高校生にしては、ずいぶん詳しいね。俺、育て方まちがえたかな」

「育て方も何も、最初から育てちゃいないんだろ」

「見てみろ、リュウ。監視はばっちりだ」

『スターズ・アンド・ストライプス』の前をステーションワゴンで流しながら涼介親父はいった。この「星条旗」新聞社は、米軍の施設で、六本木は防衛庁の向かいから西麻布へぬける道の途中にある。その斜め前のビルの地下が『鰐の口』だった。その道は両方とも違法駐車がぎっしりで、そのうちの一台、シールつきのベンツにひと目でわかる、やくざ屋さんがふたり、乗りこんでいた。

「三木が吐いたのかな」

「かもしれん。だが張りこんでいるところを見ると、康子をつかまえちゃいまい」

「じゃあ堂々と乗りこんでみる？」

「アルコールさえ飲まなけりゃ、未成年がゲイ・バーに入っちゃいかんという法律はないからな」

　メットのおかげで、僕も連中にはノーマークだったはずだ。ワゴンをすきまにねじこんだ親父と僕は『鰐の口』に入って行った。

　まず強烈な光とサンバのリズムが目と耳を襲った。でかいフロアの正面にステージがあり、そこではさまざまな衣裳《いしよう》を着たゲイボーイがスポットライトを浴びて、踊り狂っている。一見して男とわかるのもいれば、露出しているパーツや顔立ちも含めて、女としか思えないのもいる。

どうやらはっきり二タイプに分かれているようだ。〝男〟タイプは、臑毛《すねげ》も露《あら》わに、ガラガラ声で喋《しゃべ》りまくり、〝女〟タイプは、きれいなドレスに、メイクもきちっとしている。

店内はほとんど満席で、ざっと百人近い人間が溢《あふ》れかえっていた。〝ホステス〟も三十人以上はいるだろう。

ようやく空けてもらった席につくと、親父はブランデーとドンペリニヨンを頼んだ。

「やだあ、すごーい、本当⁉」

ガラガラの嬌声《きょうせい》が上がる。男タイプと女タイプの二人が僕らの席についた。

「ママにも御馳走《ごちそう》したいな」

涼介親父がいい、

「はあい、ちょっと、ママー、ママー」

二人がのび上がった。外見は〝男女〟だが、叫んだ声は、バリトン二重唱。

「なーによー」

口の周りに墨で丸いヒゲをかき、浴衣《ゆかた》に麦藁《むぎわら》帽子をかぶったミス・アリゲーターが現われた。ガラガラ声でいう。

「あらあ、ちょっと、御新規さん？　いい男ねえ、まあ！　こっちの坊やもハンサムー」

　きゃあ、ママー、という声が上がった。メイクは女なのにヒゲがあるミス・アリゲーターの両手が僕らの股間《こかん》にのびたからだ。

「なあに、冴木さん？　こちらは、えっ息子さん！　ちょっとう、あたしにも息子ちょうだい！　どっち？　どっちでもいいわよ、あなたの、この息子でも、こちらのハンサムな息子さんでも！」

　とにかく、よろしく、と皆が叫んでシャンペングラスがあわされた。

「この店が面白いとは、息子が聞きつけて来てね」

「まあ！　ガキんちょのくせに！　でもありがとうございます」

「仲のいいガールフレンドから聞いたんだ」

「えっ誰？」

　首をかしげたミス・アリゲーターに僕は耳打ちした。

「康子」

　アリゲーターの目が一瞬、マジになった。

「あなた、友達なの？」

「ちがう。本当は会ったことない。でも助けに来たんだ」

　僕は囁《ささや》いた。

　アリゲーターの目がせわしく、僕と親父を見比べた。

「この店は見張られてる。あんたとあの子が仲がよかったことを三木が喋ったんだ」

親父がいうと、アリゲーターは、分厚いルージュを塗った唇を舐《な》めた。

「ちょっと皆、席外して」

三人だけになると、男の声でいった。

「あんた達、何者だ？」

「しがない探偵さ。こっちはアルバイトの探偵で、本業は康子と同じ高校生」

「康子を狙っている連中は何者なんだい」

「それを話す前に、康子と母親のいどころを知ってるのか？」

アリゲーターが瞬きした。知っている。

「どこのプロダクションか知らないけど、デビュー前に潰《つぶ》そうなんてきたないぜ。康子は才能のあるシンガーなんだから」

「芸能界はこれに関係ない。話すと長くなるけど、彼女を狙っているのは、彼女の親父さんと関係があった連中なんだ」

「父親？」

「そうだ。今はやくざが動いているが、うしろには代議士や大企業のお偉方もいる」

参ったというように、アリゲーターは手を広げた。

「そんな連中が相手じゃ、とても逃げきれないよ」

「とにかく康子に会わせてくれ、信用しないのなら、あんたが一緒でもいい」

アリゲーターは一瞬、考えこんだ。だが顔を上げいった。

「いいよ。あんたたちはハンサムだし、悪人の顔をしてない。これでもあたし、男じゃ苦労したからね」

続いて通りかけたボーイを呼びとめた。

「アケミ呼んでちょうだい」

6

「考えたものだな。木を隠すなら森の中、というが、本物の女をおかまの間に紛れこますとは」

席にやって来たアケミは、きつい顔立ちはしているが確かに可愛い〝女の子〟だった。他の〝ホステス〟と同じように、スパンコールのついた衣裳を着け、ひどく濃いメイクを施している。

親父がいうと、彼女は唇をかんで僕らを見おろした。

「あんた達、何？」

声も、低いハスキーヴォイスだ。これなら見分けがつかない。

「いいから康子、すわんな」

アリゲーターがいって、彼女は腰をおろした。

「俺たちは敵じゃない。君達母娘を助けに来たんだ。悪い連中からね」

康子は首をかしげ、親父を見つめた。勝ち気そうな瞳《ひとみ》がきらきら輝いている。

「そんなことで信用しろっていうの？」

「君を捜しているのは、デビューの邪魔をじようとしている連中じゃない。君のお父さんの仕事に関係があった奴らだ」

「そんなこと知ってるわ」

「康子！　それじゃあんた、あたしに嘘ついたの!?」

アリゲーターが叫んだ。

「御免。でも説明してもわかってもらえないと思ったの」

康子は向き直って手をあわせた。

「じゃあ知ってるんだね。連中の狙いが、君のお父さんの遺産だということも」

「知ってるわ、いっておくけどあなた達にも渡さないわよ」

「それでいい。我々の目的は、それを誰にも渡さないことなのだから」

親父がいうと、康子は怪訝《けげん》そうな表情を浮かべた。

「おじさん変わったことというわね」

「この人はもともと変わってるんだ」

僕がいうと、康子はおっかない顔で僕をにらんだ。

「あんたは何だい」

「君と同じ、しがない高校生さ。君を助けようとしているのは一緒だけど」

康子は鼻先で笑った。

「あんたに？　あんたなんかに頼まないわ」

「こう見えても頼りになるんだぜ。『コック』の常連なんかより、よほどね」

「あの連中とやったの、あんた」

僕は頷《うなず》いた。

「そう……あんたね。ノブオ達をのしたっていうのは」

「情報が早いね」

「あたしは今でも番だからね、Jの」

「だが番長さんでも奴らには勝てないぞ」

親父がいった。

「じゃどうしろっていうんだい。マッポにいったって信用しちゃくれないよ。第一、マッポだって信じられない」

「その通りだ。君の持っている、そのものに関しちゃ信用できる人間は誰もいない」

「それじゃどうするのよ。このまま一生逃げ回れと？」

そのときだった。店内のざわめきがぴたりと止んだ。店の入口に、数人の男達が立っていた。ひとりは、両側から羽交い締めにされるようにして立っている。三木だった。

「親父……」

「奴ら実力行使に出たな。三木に首実検をやらせる気だ」

先頭にいるのは、目白のマンションですれちがった男だ。冷たい目付きであたりを睥《へい》睨《げい》している。

アリゲーターがさっと立ち上がり、近づいた。わざと華やかな声を上げる。

「いらっしゃいませー。でも生憎《あいにく》と、今、席が――」

男は、アリゲーターの言葉がまったく聞こえなかったかのように無視した。背後から進み出た二人がアリゲーターの両腕をつかんだ。

「ちょっと、何よ、な、に……」

入口の陰にひきずりこむ。暗がりから鈍い物音と、低い呻《うめ》きが聞こえた。

「あいつら――」

腰を浮かそうとした康子を親父が押さえつけた。目をそちらに向けて、小声でいう。

「リュウ、奴らは俺が引き受ける。この姐ちゃんを連れ出せ。車の運転できるんだろ」

「そりゃできるよ。だけどあんたひとりで大丈夫かい」

「もし俺がやられたら、今からいう電話番号に連絡しろ。メモするな、暗記しろ」

親父は七桁《けた》の数字をいって、ステーションワゴンのキイを僕に押しつけた。

先頭の男と、三木を連れた二人組は、何事もなかったかのように、店内を歩き始めた。客や〝ホステス〟のひとりひとりに鋭い視線を向けている。三木が顔から下を、ひどく痛めつけられているのが、歩き方でわかった。

アリゲーターを殴った二人は、店の電話の前に立ちはだかっている。

親父はその動きを見つめながら、ブランデーグラスの中味を、アイスバケットに空けた。空になったグラスを握りしめる。

低い、ビシッという音がして、グラスにひびが入った。

「俺が合図したらだ。いいな」

「ＯＫ」

男達はテーブルを回り、ゆっくりとこちらに近づいていた。店の中を、墓場のように冷たい沈黙がおおっている。

男達が僕らと背中あわせのテーブルにまでやって来た。康子が気づかれないように、顔をうつむけた。朦朧《もうろう》としているような、三木の目が、客や〝ホステス〟に向けられる。それが康子の背に止まった。瞬きをする。

わずかに目が見開かれた。次の瞬間、涼介親父がテーブルを蹴《け》倒《たお》し、躍り上がった。

「今だ！　リュウ」

先頭の男の首すじに、うしろから親父の左腕が回っていた。引き上げた喉《のど》の先端には、右手のグラスの破片がつきつけられている。

「動くな。頸《けい》動脈をかき切るぞ」

「野郎！」

三木をつかまえていた男達が、腕を放し、背広の中に差しこんだ。

「止めろ、おまえ達の兄貴分が死ぬ」

僕は康子の手をつかんで、男達のうしろに回った。親父につかまった男の目が、その動きを追う。

「逃げられると、思って、いる、のか」

親父の右手が男の体を探った。腰のうしろからリボルバーを引きぬく。破片を捨て、男の後頭部に銃口を当てた。

僕と康子は店の入口まで走った。

「待て！」

電話の前にいたひとりが白鞘《しろさや》をぬいた。匕首《あいくち》の刃が光る。

銃声が轟《とどろ》いた。男は匕首を落とした。右手に血が滴った。

「大丈夫だ、リュウ、行け」

立ち塞《ふさ》がろうとしたもうひとりの胃袋を、僕は蹴り上げた。

そのまま店の外に走り出た。ステーションワゴン目がけて走る。

「あんた、運転できるの!?」

康子が叫んだ。

「大丈夫、自慢じゃないけど、タンクローリーだって動かせる」

康子を助手席に押しこみ、運転席に回ろうとしたとき、鋭いスキッド音が聞こえた。ライトを上向きにしたベンツだった。外にも見張りをおいていたのだ。

まっすぐこちらに向けて、突っこんで来る。と思った瞬間、立て続けに二発の銃声が聞こえた。ベンツのサイドウインドーとフロントグラスが粉々に砕けた。そこから両腕で顔をかばった運転手が見えた。ベンツはコンクリートの電柱に鼻先をぶつけ止まった。

僕はワゴンの運転席に乗りこみ、強引なUターンをした。

『鰐の口』の店先に親父が立っていた。

急ブレーキをかけると、康子が助手席を開けた。

「走れっ」

親父が叫んで、頭から車内にダイヴィングした。親父を追って出て来た連中が銃声を鳴らす。僕は、床までぬけろとばかりに、アクセルを踏みこんだ。

「御依頼通り、御主人のお嬢さんをお連れしました」

鶴見家の応接間だった。テーブルをはさんで、康子と冴木親子《ぼくら》、鶴見夫人と運転手の黒墨が向かいあってすわっている。

親父は康子に向き直った。

「君は、お父さんの遺産、五億を受け取る権利がある。お父さんが君に遺《のこ》したんだ」

康子は目を見開いた。知らなかったようだ。

「それからもうひとつ、君宛ての遺言書がある」

夫人の顔色がさっと変わった。

「ちょっと、どういうつもり――」

「この娘《こ》は皆知ってるんです、奥様。別々になって、今は銀座時代の友人の家に隠れている、お母さん――向井直子さんから聞いてね」

「だからって、わたしは――」

親父が右手を上げると、夫人は黙った。

「彼女の話をお聞きなさい」

康子は話し始めた。

「父は、母に内緒で幾度かあたしに会いに来てくれたわ。そのときに、自分が死んだらどうなるかも話してくれた。母は、それを一番恐がっていた。あたしが、父の〝相続人〟になることを」

「だが実際、その通りになった。結果としてこの騒ぎだ」

「鶴見情報を渡しなさい。全部とはいわないわ。でも半分は、わたしにも権利があるのよ」

「奥様。どうして、あなたが狙われず、彼女だけが、鶴見情報を追う連中にマークされたのか。それを考えたら、あなたには、そんなことを口にする権利はないはずだ」

夫人が息を吸いこんだ。

「鶴見情報を捜している奴らにとっては〝相続人〟であるあなたは、彼女と立場にちがいはない。なのに、あなたは誰からも狙われずにすんだ。つまり取り引きをしたんだ。

あの、もう一通の遺言書の内容を、老人の〝被害者同盟〟に公開し、自分が鶴見情報を持っていないことを知らせた。同時に、私を雇って、手に入れようともした。少しだけ賢く、少しだけ愚かだった。あなたの人選があやまちではなかった証拠に、私は彼女を見つけたし、鶴見情報の在処《ありか》も知っている」

康子がはっとしたように親父を見た。涼介親父は微笑んで言葉を続けた。

「愚かだったのは、私があなたにそれを提供すると思ったことだ。あなたはふたまたをかけた。残念ながら、鶴見情報は渡せませんな」

「黒墨！　この男を、痛めつけておやり」

ゴリラが立ち上がった。だが誰も手を出さぬうちに、康子が歩みより、その股間《こかん》を強《したた》かに蹴り上げた。

「このタコ！」

そこを押さえてのたうつ黒墨に、康子が吐き捨てた。

「畜生っ――」

夫人が眼尻《まなじり》を釣り上げた。

「そうカッカすることはありません。あなたが鶴見情報を手に入れられないとすれば、誰が手に入れるか――」

親父は康子を見た。

「話してもいいかな、本当のことを」

「もしおじさんが知っているのなら、同じだよ。いいよ」

康子は腕組みをして、夫人を見おろしながら答えた。

「誰も手に入れられないのです」

「!?」

「鶴見情報は誰の手にも渡らない。私は、この数日間、鶴見康吉氏の、最後の数年の仕事について調べました。新規のスポンサーはひとりもいない。もう何年も、中には十年以上も、強請《ゆす》られてきた客ばかりだった。額も決して高くはない。払う側にとってはさほどのものではなかったでしょう。いってみれば、年金や保険のようなものだった。ではなぜ老人は、新規のスポンサーを増やしたり、強請る金額を増やしたりしなかったのか?」

「……嘘よ、嘘よ、そんなの」

言葉の意味に気づいたらしい夫人が叫んだ。

「本当です。老人は、自分の死を予期し、すべてを処分した――消滅させたのです」

「じゃあ、なぜ、どうして、この子に遺すという遺言書を書いたのよ!?」

「システムですよ」

「システム?」

「情報は消えた。けれどもそれを誰も知らなければ、鶴見老人とスポンサーとのあいだに交わされた契約は有効だ。システムとして、生き続ける。あなたはそれを誤解した。

皆誤解した。だから、この子を追いかけ回したのです」

「それじゃあ、この子はいつまでたっても狙われるわ」

「同じです、老人と。老人に手を出そうとは誰もしなかった。もし、私の言葉を信じずに、彼女に誰かがちょっかいを出し、その人間の想像通り、どこかに鶴見情報が隠されていたらどうなるか。そしてそれを、彼女が公開したら――」

「…………」

夫人は虚《うつ》ろな目付きになって、康子を見た。

「おわかりでしょう。鶴見情報は誰も手に入れられない。いいかえれば、彼女に宛てた御主人の遺言書そのものが鶴見情報だったのですよ」

「この人のいう通りよ」

康子がいった。

「ところでデビューはいつ？」

鶴見家をあとにして、広尾に向かうワゴンの中で僕は康子に訊《き》いた。

「やめたわ。なんか馬鹿馬鹿しくなっちゃった」

「そうだろうな。夫人の口から、今夜の話の内容が連中に伝われば、君はこの世の権力者になるんだから」

親父がいう。

「そんなの！　興味ないわよ」

康子は笑いとばした。

「じゃあスケ番もやめる？」

僕は訊《たず》ねた。

「それは、やめない。でもおじさんたちには感謝しなきゃね。お礼するよ。あのおばさんからお金取りそこねたんだろ」

「まあね」

「昔馴染《むかしなじ》みにも本当のことを話す？」

と僕。

「それしかないだろう。あっちは利口だからこの子には手を出さんさ」

「何のこと？」

「何でもないよ。お礼は何がいいかな……」

「あたしの連れ、紹介しようか。結構ハクいのいるよ」

僕と親父は顔を見あわせた。親父が溜《た》め息をつく。

「わかってるよ、親父がいいたいことは――ガキの相手は……」

「ガキが一番」

声をあわせていった。とたんに、

「この野郎！」

康子の拳骨《げんこつ》が飛んできた。

海から来た行商人《スパイ》

1

「冴木、隆くん、だね……」

校門を出たところで声をかけられ、僕は振り返った。

二月は最悪の月だ。寒い上に、休みと休みのあい間。おまけに試験の季節ときている。身を縮め、夜遊びもままならず、およそ趣味ではない勉学の道に励まねばならない、とくれば、いかに陽気な好少年、冴木隆クンとあっても、ユーウツにならざるをえない。

そこへもってきて、今日のテスト、化学と日本史が最悪のでき。有馬記念を的中させた勘の冴《さ》えも、年がかわってからはさっぱりで、今回のヤマは見事に外れ、赤点は覚悟の状況。

「どなたさま?」

訊き返す隆クンの顔も険悪になろうってもの。

呼びとめたのはダークスーツの二人連れで、車はシルバーグレイのクラウン。や、印かと思いきや、いささか知性の香りがする。身ごなし、目付きに油断はないが、アウトロータイプではなさそう。

「お父さんの知りあいで、島津という者だ」

年の頃は四十半ばか、がっちりとしていて無駄な肉づきがないのは、鍛練のたまものと見たね。

どこかで見た顔だ、と考え、僕は思い出した。去年の秋、大物強請屋《ユスリ》の遺産争奪戦に参加して来た、親父の元同僚だ。何屋かはよくわからないけど、そのときの相棒には、「副室長」とかいう肩書きで呼ばれていた。

まあ、あのロクデナシ親父のかつての仲間だ。ギャングではないにしろ、密輸屋か高利貸し、悪徳不動産屋、はたまたインチキ右翼と、マトモな筋じゃない。

「ああ、フクシツチョーさんね」

僕は頷《うなず》いてみせた。男は一瞬、不意を打たれたように目を細めた。

「冴木──お父さんから聞いているのかね」

「いいえ。でも、去年、うちの事務所に来たでしょう」

男はふっと息を吐いた。

「なるほど、冴木にずいぶん仕こまれているようだな」

「冗談。あの不良中年から教われることといったら、真っ正直なお年寄りをだまして消火器を売りつけるテクニックだの、飲み屋のツケを踏み倒す方法、せいぜいが、麻雀の積みこみくらいのものでしょう。何の恩恵もこうむっちゃいませんよ」

男は苦笑した。

「そりゃひどい。冴木はユニークな育て方をしているな」

「親としての義務を果たさないことがユニークな教育法なら、あの人は『ギネスブック』ものですね」

　そういっておいて、僕は島津をまじまじと見つめた。

　上等のスリーピースは英国製生地のお仕立てと見た。靴も安物じゃない。どこか権力の匂いがするところを見ると、国会議員の秘書か、右翼というあたりが的を射ているかもしれない。

「ところで御用の趣きは？」

　明日は、こちとらの一番苦手な物理の試験がある。親父に用があるのなら直談判に出向けばいい。とはいうものの、この二日間、あの不良中年は行方不明だが。

「お父さんに頼まれて、君を迎えに来たんだ」

「迎え？　どこかの博奕場《ばくち》で身ぐるみはがれて、帰って来られないとか」

「そんなことではない。彼は今、我々の仕事を手伝ってくれている。それで、その留守中の君のことを頼まれたのだ」

　島津は、いいづらそうに咳《せき》ばらいした。

　どうもおかしい。どこで何をしていようと、僕のことを気にかける親心など、あの親父にはカケラもないはずだ。今さら他人に頼まなくても、僕が自分の面倒を見られることぐらいわかりきっている。

「そりゃどうも。でも、自分のことは自分でやる主義なので、お構いなくいい捨てて、僕は歩き出した。

「待ちたまえ。今、お父さんを電話でつかまえる。彼と話してみてくれないか?」

島津が慌てたようにいった。

僕は、立ち止まった。どうするかはともかく、連絡なしの行方不明者に嫌味のひとつもいってやるべ、と思ったのだ。

島津が連れに合図した。部下と覚《おぼ》しい、若い相棒は、クラウンの自動車電話を引っ張り出し、何事かを話しかけた。

やがて、

「副室長、出ました」

といって受話器をさし出した。

「もしもし、冴木か。島津だ。今、息子さんといる。彼と話してくれないか? ……わかった」

島津は受話器を今度は僕に手渡した。

「いやあ、これはこれは。今から警視庁に出向いて捜索願いのひとつも出そうかと考えておったところですよ」

僕は受け取るなり、そういってやった。

「そいつはいいアイデアだ。だがやめておけ、リュウ。そこにいるのは、警察の親玉みたいな連中だ。彼らに頼んだ方が早い」

親父の返事には雑音がかぶっていた。どうやら向こうも車の中らしい。

「話すわけにはいかんのだ。ある仕事を、その、請け負うことになっちまってな」

「遵法精神に富んだ仕事？」

「まあまあ、だな」

「このおじさんたちが、憐《あわ》れな高校生の世話をしたいって申し出てくれてるんだけど？」

「慌てず騒がずだ」

「それが御返事？」

「俺も帽子を忘れちまってな」

帽子？と訊《き》きかけた言葉を僕は呑《の》みこんだ。親父は帽子なんてかぶったことがない。

「助手が御入用かい？」

「今、試験中だろ」

「明日で終わり」

「わかった。帽子を取りに行く」

「オーケイ。じゃこのおじさんたちに、今夜はうんとおいしいものを食べさせてもらうよ」

「ドラキュラによろしく伝えといてくれ」

「了解」

「今、どこ？」

電話は切れた。僕は受話器を島津に返し、いった。

「どうやらお世話になれそう」

僕が連れて行かれたのは、赤坂にある一流ホテルだった。途中、彼らの車で広尾サンタテレサアパートに寄り、試験勉強に必要な品をかかえて行く。ホテルの最上階にあるデラックス・ツインを島津は押さえていた。

隣の部屋とはドア続きで、そこには、島津の部下が入る。どうやら保護プラス監視がついたということになるようだ。

島津が立ち去ると、僕はだだっ広い部屋のベッドに腰かけた。

考えごとに必要なものが足りないことを思い出し、いったん立ち上がると境のドアをノックした。

「はい」

島津の部下で、河田という名前の、三十五、六のおっさんがドアを開いた。身長が親父と同じくらいあって、ごつい体格をしている。脱いでいた背広を慌てて着たのか、裾《すそ》がめくれ上がっていた。

おかげで腰に留めたホルスターに拳銃《けんじゅう》が入っていることを、僕はばっちり見てとった。

「何だ？」

こ生意気な小僧だ、といわんばかりに河田は僕を見おろした。

「子守り歌をうたって欲しいというのじゃないから安心して。おじさん、煙草持ってる？」

河田は唸《うな》って僕をにらみつけた。

「高校生だろ、君は？」

「あいにく切らしちゃって。『マイルーラ』と『マイルドセブン』は必需品なのに」

「マイル——何？」

「こっちのこと。煙草を分けてもらえますか？」

「俺は吸わないんだ」

「あ、そう。じゃ買いに行って来る」

「待て。勝手に部屋を出てはいかん。副室長の命令だ」

「副室長はおじさんの上司、僕の先生じゃない」

河田はもう一度唸った。

「わかった、買って来る。部屋を出るな。留守中、誰かが来ても出なくていい」

「そりゃどうも」

「マイルドセブンだな、それから、マイ何だと？」

「『マイルーラ』、下のドラッグストアに行った方がいいと思うよ」

「高校生のくせに二種類も煙草を吸うなんて——」

河田はぶつぶつ呟《つぶや》きながら、僕の部屋から外に出て行った。

「ノックがあっても、すぐに戸は開けるな。俺だと確認してから開けるんだ」

ドアを閉めぎわ、おっかない顔でいう。

足音が遠ざかると、僕は電話機の前に腰かけた。フロントの番号を回す。

「フロントでございますが……」

「ちょっとお訊きしたいのだけれど、この部屋には何日分の予約が入っていますか？」

「島津様でございますね、お待ち下さい」

僕の保護観察がどれだけ続くのかを知りたかった。

「……お待たせしました。一応、一週間分のデポジットを頂いておりますが」

何てことだ。僕は天を仰いだ。礼をいって電話を切る。一週間もホテルに缶詰めにされるなんて、真っ平だった。

やがてドアチャイムが鳴った。それもしつこい。

「誰方《どなた》？」

「河田だ、開けろ」

「本当に河田さん？」

僕はチェーンロックをしたまま外をのぞいた。顔を真っ赤にした河田が立っている。ロックを外すと、ドアをつき破らんばかりの勢いで入って来た。僕を指さして唸る。

「この……この……ワルガキが！」

左手のマイルドセブン二箱と右手にドラッグストアの紙袋をさげ、ぶるぶると震えていた。

「マイ……マイルーラってのは、貴様、煙草じゃないじゃないか」

「そう。誰が煙草っていいました？」

「俺はフロント横の煙草売店で訊いちまったんだぞ！　若い女の売り子に」

床に袋を叩《たた》きつけた。

「ひに、ひに、避妊具だと、それも女性用の。馬鹿にしやがって」

「知らなかった？　そりゃ御免なさい」

「いいか！　俺が許可するまでは一切、表に出ることは許さん。食事はルームサービス、それも俺が立ち会うもとでだ。電話もいかん、外にかけるんじゃないぞ。もし破ったら、首っ玉をひねり潰《つぶ》してやるからな」

「あれ、今夜遊びに来いって、三人の女の子に今、電話しちゃったんだけど。マイルーラはそれ用に」

「な・ん・だ・とお」

「冗談。おとなしくしてますよ、はい。これ以上はない、というぐらい、おとなしく、静かに」

「よし、それでいい。もし逆らったら、うんと後悔する羽目になるからな」

僕の鼻先に指をつきつけ、すごみのある声でいいきかせた。くるりと踵《きびす》を返し、隣の部屋に通じるドアから出て行く。

音高くドアは閉まった。

僕はマイルドセブンの箱を拾い上げ、封を切ると、ホテルのマッチで火をつけた。

親父との会話を思い出す。

まず「帽子」だ。親父は普段から帽子なんてかぶっちゃいない。それを取りに帰る、ということは、何とか僕とふたりきりで会うチャンスを作るという意味にちがいない。「ドラキュラによろしく」といったのは、我がサンタテレサアパートの一階喫茶店『麻呂宇』のバーテンダー、星野さんを意味している。クリストファー・リーそっくりの風《ふう》貌《ぼう》を持つ、星野さんを通じてコンタクトをとる、ということなのだろう。

いったい親父に何が起きたのだろうか。日頃のいい加減さを考えると、暗号を使うような状況は、かなり危《ヤバ》い状態を意味している。

警察に追っかけられている——だが親父は島津を「警察の親玉」といった。第一、犯罪者の息子を、警察が一流ホテルに泊めるなんて話は聞いたことがない。

ギャングに追っかけられている——これならツジツマがあう。何かの弾みで僕を人質にとられるのを警戒したのかもしれない。しかしそうだとすると、島津に内緒で僕と会おうとするのは、なぜだろう。

結局のところ、と僕は結論を出した。

親父は、かつてのどこかうしろ暗い過去を島津に握られていて、協力させられているにちがいない。今やっている仕事はひょっとしたら正義の味方かもしれないが、もともとが社会の落伍者《らくご》だ。それを種に警察に脅かされて、無理矢理協力させられているとしても、驚くにはあたらない。

そうなれば、今の僕にできることといったら——。

物理の試験勉強しかない。

で、そうすることにした。

2

翌朝、河田の運転する車で高校まで送られた僕は、珍しく集中した一夜漬けの成果で、物理試験に高得点をおさめた（つもり）。

試験が終わり、遊びに出ようと誘う御学友に、

「今日から君達とは身分がちがうから」

と断り、悠々、クラウンに乗りこんでサンタテレサアパートに向かった。

二階に上がると、ついて来た河田にコーヒーを淹《い》れてやり、明日の支度をするから、と僕は自分の部屋に入った。河田は居間兼事務所の、親父のロールトップデスクにすわって物珍しそうに周囲を見渡している。

「男のくせに着替えに手間どるんじゃないぞ」

と、エラソーな口調。

こちらは素早く扉に錠をかけ、革のツナギを身につける。今まで着ていたスタジャンとコーデュロイパンツをバックパックに詰めこみ、愛車NS400Rのキイをつかんだ。僕の部屋の窓からは、雨どいを伝って、裏の駐車場に降りられる仕組みになっている。

〝島津のおじさん、河田のお兄さん、覚えておこうね。若者は押しこめられることを何より嫌うんだよ〟なんて呟きながら外へ。

河田が僕の部屋の扉が施錠されているのに気づき、親父の寝室の窓から慌てて首を出したときには、僕はNS400Rにまたがっていた。

「こらっ、貴様、待て！」

にっこり笑ってメットを振り、アクセルひと吹かし。河田は今にも腰の銃をひっこぬいて、ぶっ放しかねない勢いだが、街中のこととて、そうもいかない。

「フクシツチョーによろしくね」

そう叫んでやって発進した。河田がどんなに急いでクラウンに乗りこもうと、四輪が単車に勝てるわけはない。

あっという間に六本木通りまでかっ飛ぶと、一気に六本木交差点までつっ走る。六本木の街なら、目をつぶっていてもどこに何があるか頭に入っている。僕はバイクをロアビルの横手に駐《と》め、隣の『マクドナルド』に入った。

腹ごしらえと電話のためだ。ダブルチーズバーガーをふたつ、コーラのLサイズで流しこむと、ポテトをかじりながら公衆電話に歩み寄る。『麻呂宇』の番号を回した。

「……はい。『麻呂宇』で、ございます」

星野ドラキュラ伯爵の重々しい答えが返ってきた。

「こちら二階の火の玉小僧ですけど、無気力症候群から連絡は？」

「入っております」

星野さんはおごそかにいった。

「よろしいですか。読みますぞ」

「ほい、どうぞ」

「『かねてよりの取り決め通り、決闘を行うものとする。刻限は、午後四時』以上です。おわかりですか？」

「わかったよ、星野さん。そのメモはひっちゃぶっといて」

「承知いたしました」

「ありがとう。それじゃ――」

僕は電話を切った。かねてよりの取り決め、とは何のことだ？

ポテトのLサイズを平らげて、思いついた。いつだったか、僕の愛《いと》しの家庭教師、麻里さんに手を出すことは、御身のためにならぬぞ、と親父に警告を発したことがある。

そのとき親父は、ニヤリと笑って、

「それじゃ決闘でもするか」

といったものだ。場所をどこにしよう、と僕がノると、

「そりゃおまえ、決闘は河原と相場が決まってる」

河原と考えて頭に浮かぶのは、多摩川の河っ原しかない。荒川もあるが、そっちは遠い。多摩堤で午後四時——親父はそう指定してきたのだ。

僕は腕時計を見た。昼十二時を回ったばかりだ。多摩堤までなら三十分もあれば楽勝だ。それまでをどうするか。

スタジャンのポケットには、河田が買ってくれたマイルドセブンとマイルーラが入っている。せっかくのマイルーラだ、活用しないテはない。

僕は、バイクに乗ってベッドまでツーリングさせてくれそうな女の子を物色し始めた。

六本木で拾った女の子は由衣《ゆい》クンという、十九歳のハマッ娘《こ》だった。買物のためとかで東京に出て来たのだが、イキのいい男が見つからない、と嘆いていた折りだという。

「年下か、でもいいや。かっ飛んでよ」

背中に抱きつかれ、おいいつけ通りに元町までかっ飛んだ。山手のしけたラブホテルで仕上げを施し、マイルーラもふたつ使って、多摩堤まで戻ったのが四時に数分余した頃あい。由衣クンとは元町で別れている。

由衣クンのあったかげなコロンの香りをメットの中に嗅《か》ぎつつ、親父の姿を捜した。

西陽が多摩川の土手に赤くさしかけて、子供たちが走り回っている。バイクを駐め、メットを脱ぐと、僕は溜《た》め息をついた。

うららかな幼年時代はもう戻らない。

その僕に、東京寄りの土手で寝ころがっている人影が手を振った。振った右手にはホットドッグ、左手には缶ビールを持っている。

中年になっても、うららかさを失わぬ人がここにいた。

僕はメットを手に土手を降りていった。

涼介親父は、厚いウールのジャケットに茶の渋いシャツを着け、土手にひっくり返っていた。どこで剃《そ》ったか普段の無精ヒゲもなく、髪もきっちり決まっている。

隣に腰をおろすと、ニヤッと笑って缶ビールをさし出した。

「女の匂いがするな」

僕がひと口飲んでいる間に、親父はいった。

「そう？　保護者に逃げられた憐《あわ》れな高校生はね、白タクのアルバイトに励んでるの」

「おまえのことだ。娘っ子しか乗せないのだろ」

「当然。ところで、今度の一件はナニゴト？」

「うん」

親父は腕枕にひっくり返った。そのまま空を見あげる。僕は煙草をくわえた。

「お、一本くれ」

火をつけたそれを、親父の口につっこんだ。うまそうにふかす。よく見ると、顔こそきれいにしているが、親父の顔にはひどく疲れた様子がある。

「昔、あるところにな……」

「何だよ、それ」

「いいから聞け。昔、あるところに悪いヤツがいた。どう悪いかというと、麻薬、売春、恐喝、殺人、やりたい放題やりちらかすという、どうしようもない悪《ワル》だったのさ。しかもそいつは、政府にたっぷりと賄賂《わいろ》をおくっていて、警察も見て見ぬフリをするというありさまでな」

「日本の話じゃないね」

僕は土手の草をむしっていった。

「ああ、日本の話じゃない。その頃、俺は行商人をやっていて、そいつの国にいたんだ」

「で、どうしたわけ？」

「そいつのやり方を許せないと思っているグループがいた。まあ、反政府分子といってもいい。外国からの資金援助も受け、その国にクーデターを起こそうと画策していたんだ。俺は、とあることからそのグループの仲間になった」

「麻薬の方の？」

「クーデターの方だよ。目的は彼らの資金の流れを調べることだった」

「それじゃスパイだ」

「そう。俺は連中にとっちゃ裏切り者だった。だが連中と行動しているうちに、その悪い奴のやっていることがどうにも頭にきちまってな」

「……」

「ある晩のこと、グループをぬけ出して、悪い奴に会いに行った。革命グループの情報を教える、といってな。そのかわり親玉にはひとりで出て来いといった」

「そんなに簡単に出て来たの？　親玉は」

「いや……」

親父の声が苦くなった。

「仕方なしに、いくつか小さな真実をまぜた情報を洩《も》らした。親玉はそれをもとに反政府分子狩りをやって成功させていたんだ。だから乗ったんだ」

「それで？」

「それだけさ。親玉はいなくなり、悪《ワル》の組織は潰《つぶ》れた」

「やったじゃん、ヒーロー」

「そうもいかんのさ。親玉が金をつかませていた政府は日本と仲が良くてな、そのせいで俺は行商人をやめる羽目になった」

「そりゃ仕方ないよ」

「確かにそうだ。問題なのは、親玉の方だ。本人はいなくなっちまったが、その息子ってのがいてな」

「おやおや」

「親じゃない、子の方さ。そいつが最近、めきめきと力をつけてきた。そこでもって、親の仇をとろうってんで、日本に乗りこんで来たわけだ」

「つまり、あんたの命を頂きに？」

「そういうこと」

「なるほど。で、逃げ回っていたわけだ」

「まあ、そうなるな。奴《やっこ》さんは俺がもう行商人をやっていないことを知ってる。それにおまえというコブがついていることもな」

「それで昔の行商人仲間に頼んで僕のことを匿《かくま》わせた？」

「条件その一がついたがな」

「何だい、条件て」

「元の行商人に戻ることとさ。だが情勢が少し変わってきた」

「じゃあその二だね」

「うん。息子てのは、親父に輪をかけた悪でな。日本にもごっそり麻薬やら何やらを陸揚げしようと考えているらしい」

「すると昔の行商人仲間も困るね」

「ああ。だが、一応は友好国の大物だからな。うかつなことはできんわけだ」

「そこであんたに何とかしろと？」

「そうなるな」

僕と親父はしばらく黙っていた。

「昔の仲間も信用できないんだ？」

「ああ。だいたい、信用とか約束とかの通用する世界じゃないしな」

「それが嫌で辞めたの？」

「それも、ある」

僕は溜め息をついた。

「親の因果が子に報い、か」

「そうだな。めっかりゃ俺もおまえもあの世行きさ」

「嬉《うれ》しいお話。で、どうするわけ？」

「かかる火の粉はふり払わにゃならんだろ。昔の仲間はアテにできんし」

「僕なら頼りになると？」

「どうせ親子だ。消されてもあきらめがつくだろ」

「ひでえ話」

「さっきは嬉しいっていったんじゃなかったっけ」

「物理のテストで苦労してる方がマシだったたな」

「何だって？」

「こっちのこと。ところで、そのボスってのはどうなったの」

「親父の方か？　事故があってな。死んだ」

かなり人為的な事故と見たね。どうやら、今度ばかりは、ゴツい連中が相手のようだ。

親父は缶ビールを飲み干して起き上がった。川面《かわも》を見つめている。

「仕方ない。作戦は？」

「やるのか、リュウ」

「ホテルの缶詰めはぞっとしないし、かといって蜂の巣も御免でしょ。他に道はある？」

「俺を捨ててズラかる」

「魅力的！　でもあんたがクタばるとサンタテレサアパートにいられなくなるじゃん。俺、あそこ気に入ってるんだよね」

第一、逃げる場所もないのによくいうよ。

「よし、じゃあ、息子もブタ箱へぶちこんでやるか」

「向こうはブタ箱、こっちは天国、待遇に差があるな」

僕がいうと、親父は真顔になった。

「リュウ。おまえ、人を殺せるか」

「弾みならともかく、考えたら無理だね」

「それならブタ箱送りで我慢しろ」

僕は肩をすくめた。

「親のいうことは聞くもの、か。オーケィ、作戦を話してよ」

親父は話を始めた。

3

二代目の名前は、ジョージ・スー何とかという舌をかみそうな綴《つづ》りだった。通常はジョージで通しているという。初代が死んだときには、アメリカに留学していたらしい。

「どういう名目で日本に来ているわけ？」

「表向きは観光旅行だ。『ジョージ二世号』という名の馬鹿でかいクルーザーで船旅をしていて、その途中、日本に立ち寄ったことになっている」

「今はどこに？」

「横浜だ。ホテル・グランドに泊まっちゃ夜な夜な、乱痴気騒ぎをしている。その間に、俺をひっつかまえて、奴の目の前で首っ玉ねじ切るつもりなんだろう」

「てことは、日本にもシンパがいるわけね」

「無論だ。これは俺の勘だが、日本に来た目的は、俺を殺すだけじゃないはずだ。おそらく取り引きも兼ねているんだ」

「何の？」

僕が訊《き》くと親父は肩をすくめた。

「さあな。ヤクかハジキか、人間《いかも》か。何でも金にする手あいだ。だがそこを押さえて、警察を動かせば、ブタ箱に送れるだろうよ」

「行商人仲間はどうすると思う？」

「静観だろうな。連中にとっちゃ、二代目は本来は管轄外だ。ただし、ブタ箱に送る材料を目の前につきつけられりゃ、動かんわけにはいかんだろう」

「とても楽じゃなさそう」

「今までのアルバイトとはちとちがうな」

「とりあえず、僕の仕事は？」

「二代目は、公の宿泊地の他にきっとアジトを用意している。まさかホテルの部屋に取り引きの材料を隠しておくわけにはいかんからな」

「そのクルーザーじゃなくて？」

「クルーザーは入港のときに調べられたはずだ。その前にこっそり陸揚げして、日本国内に運びこんでいるだろう。そのアジトをつきとめるのが先決だ」

「詳しいね。密輸も商売にしてたんじゃないの？」

アルバイト探偵《アイ》をやって、いろいろなところに張りこんだが、自宅を張りこむというのは初めてだった。つまり、広尾サンタテレサアパートである。

「ジョージは必ず俺たちの家をつきとめる。手下の者に見張らせようとするはずだ。うまくすれば、俺がいなくとも、おまえをつかまえられる。おまえを餌に俺を引っ張り出す――奴の親父ならそう考えたろう。息子もそう考えておかしくない」

というわけで、僕はサンタテレサアパートに張りこんでいた。といっても、自分の部屋や『麻呂宇』は使えない。ジョージの手下に冴木隆であることを知られれば元も子もないからだ。

親父は親父で、横浜周辺を当たるという。とりあえずの連絡中継は『麻呂宇』の星野さんを通じることにした。二人の宿は、東京と横浜の中間、川崎にとってある。

広尾サンタテレサアパートは、広尾の交差点からふた筋、奥に入ったところにある。つい最近までは、それほど多くの店はなかったのだが、いつ頃からか女子大生好みのケーキ屋やらカフェバータイプの喫茶店がやたら増え出した。そうした点でいえば、人通りは多く、張りこみには決して苦労しない。

つまり、張りこんでいる人間を見つけることは易しくないのだ。

僕はバイクをいつも給油しているスタンドに置かせてもらい、ツナギから、スタジャン、コーデュロイパンツに着替えた。

サンタテレサアパートの周辺をうろつくのは要注意だ。ジョージの手下だけでなく、河田をはじめとする島津の部下が僕を待ちかまえている可能性もある。

河田には、僕がバイクを使っていることは知られている。いくらフルフェイスのメットがあるとはいえ、ちょいと町内を一周、というわけにはいかない。

さんざん知恵を絞り、僕が入ったのは、サンタテレサアパートから二ブロック離れたラーメン屋だった。ここの親父は、涼介親父の麻雀仲間で、たいていのことなら聞いてくれる。

「何だい隆ちゃん？」

と訊《たず》ねるラーメン屋の親父に僕は頼んだ。

「ワケありでさ、今日一日、出前のバイトやらせてくれない？」

「何だい、またあの遊び人親父の手伝いかい。いいよ、そこの上っ張りと帽子、使ってねえ岡持ちがあるから持ってきな」

というわけで、まるで変装した探偵。白い上っ張りを着け、帽子を目深にかぶった僕は、スタンドの自転車を借り出した。

これで大っぴらに走り回ることができる。

それらしく岡持ちを左にさげ、僕は広尾商店街を走り出した。アルバイト探偵《アイ》をやり始めて知ったのだが、人間の目という代物は、不思議と、そこにいるはずのないものと、いてもおかしくないものを区別する。

たとえば、冴木隆という名の高校生を捜している連中にとっては、十代の学生風の若者は皆、要注意の存在だが、同じ年代でも労働者となると、左から右に消えていく景色のひとつに過ぎないのだ。

広尾サンタテレサアパートの前を通った。車は何台も駐《と》まっているが、張りこみらしいものはない。

喫茶店と車の両方を交互に使っているのかもしれない。

一周してみて思いついた。もし敵が横浜にアジトを構えていれば、当然、調達した車にも横浜ナンバーが付いている可能性が高い。

すぐにも確かめに戻りたい気持をこらえ、僕は六本木よりの喫茶店に入った。コーヒーを飲んで時間を潰《つぶ》す。

一時間もたつと、もう一度自転車にまたがった。表はもう暗くなっている。

今度は中味の入った岡持ちを運んでいる風に、ゆっくりペダルをこぐ。サンタテレサアパートの出入口が見える位置に駐められた車のナンバープレートを一台一台、見ていった。

一周するのに、さっきの倍以上の時間がかかる。そうこうしているうちに河田のクラウンを先に見つけた。

サンタテレサアパートの裏、住宅の庭先に駐められている。ちょっと見には気づかない位置だ。国家権力をひけらかし、無理矢理頼みこんだにちがいない。

横浜ナンバーの車は二台。一台は遮光シールをウインドーに貼ったベンツ、もう一台はＢＭＷだ。どっちも高級車だが、このあたり外車がひどく多い。驚くにはあたらない。

二台のナンバーを頭にメモした。

慎重を期して、より遠い喫茶店に入った。

『麻呂宇』に電話を入れる。

「はい『麻呂宇』でございます」

「こちら火の玉小僧。親父からの連絡はありましたか？」

「一時間後にまた下さるそうでございます」

「じゃあ今からいうナンバーの車を調べるよういって下さい」

「コーヒー豆ですね、お待ち下さい」

星野さんはいった。おかしい。どうやら、河田かジョージの手下が店内にいるのだ。ジョージの手下なら、星野さんに気づかせるようなことはしないだろう。おそらくは、河田だ。

僕はナンバーを告げ、電話を切った。涼介親父なら何とか調べ出すだろう。

またまた自転車にまたがった。

ベンツとBMWは、二軒のビルをはさんで駐車されている。そのうちの一軒、『麻呂宇』の斜め向かいにケーキハウスがあった。そこの閉店時間は八時。じきだ。もし張りこみの連中がそのケーキハウスに詰めていれば、追い出される時間だ。

その通りを走り過ぎ、サンタテレサアパートの隣に建つマンションの前に僕は自転車を駐めた。岡持ちを下げて階段を昇る。外壁にとりつけられた階段の踊り場からは、ケーキハウスの出入口がよく見えるのだ。

八時五分過ぎに、ケーキハウスの自動扉が開いて、二人組の男達が出て来た。一人は日本人だが、一人は浅黒い東南アジア系の顔をしている。二人ともブルゾンにスラックスというラフないでたちだ。

日本人の方がサンタテレサアパートの二階、「SAIKI INVESTIGATION」のネオン看板を鋭い目付きで見あげた。続いて上着のポケットからキイを取り出し、BMWに乗りこむ。

発進する気配はない。

これで決まりだ。僕は岡持ちを構え直し、階段を降りて行った。BMWの横を自転車で走り過ぎる。

中の連中はちらりともこちらを見なかった。ただじっと、サンタテレサアパートの出入口に注目している。

上っ張りと帽子をラーメン屋に返し、僕は革のツナギに着替えた。

連中がBMWを駐めているサンタテレサアパートの前の道は一方通行路だ。出口はひとつしかない。

その前にバイクを駐め、僕は小さなレストランに入った。一方通行から出て来た車がすべて見渡せる窓ぎわに陣どる。

奴らは一晩中、あそこに詰めているつもりなのだろうか。

常識で考えれば交代するはずだ。深夜になると、駐車違反の取り締まりにお巡りさんが自転車でやって来る。夜中、車の中にいい年をした男が二人、じとっといればまちがいなく職質ものだ。そうなる前に動くにちがいない。

オムライスとハンバーグを頼み、ゆっくりと食べた。

警官の巡回はたいてい十一時頃だ。それまでは忍耐ごっこしかない。

十時半、窓とにらめっこをしていると、レストランの親父がコーヒーを御馳走《ごちそう》してくれた。

「金がないのかね？」

人情味のこもったお言葉。彼の心配の種をなくすため、僕は料金を払った。

「駆け落ちしようと思って。女の子が出て来るの、待ってるんです」

「本当かね⁉」

親父は僕の前に腰をおろした。気づくと他に客はいない。

「あんたは若いんだ。無茶はいけないよ」

今さら、冗談、とはいいにくい気配。親父は首を振った。

「わしもねえ、実はその口なんだがね。今じゃ、どれだけ後悔しておるか」

そういえば、さっき奥から顔をのぞかせたおばさんは小山のように太っていた。親父さんの優に二倍はある。

「よしなさい。悪いことはいわんよ」

「変わりますか、女って」

「そりゃもう……」

親父さんはあとの言葉を呑《の》みこんだ。奥からおかみさんが出て来て、胡散《うさん》くさげに僕をにらんだのだ。

そのときだった。特徴のあるBMWのノーズが小路から姿を現わした。

「あ、出て来た」

僕は思わずいって立ち上がった。

「出て来たって……あの外車かい？」

「そうなんです。相手は五十歳の社長夫人で、年の差を悲観していたんですけど、もう大丈夫だ。どうも御馳走様！」

口を大きく開けた親父を尻目《しりめ》に、僕はメットをかぶって店を飛び出した。

BMWは六本木通りに合流しようとしている。NS400Rにまたがり、エンジンをかけた。ようやく動き出してくれたのだ。


BMWは首都高速に乗った。空いている下り線をやけに飛ばしている。

飛ばしている理由のひとつが、僕をつかまえられなかったことだと思うと気分がいい。

だが油断はできない。単車のライトは、四輪の運転者の目につきやすいのだ。

僕は慎重に二、三台の間隔をとって走っていた。

BMWは首都高一号線を横浜公園ランプで降りた。関内の方角に少し戻り、繁華街の中に入って行く。

やがて、広い駐車場の一角に乗り入れた。

僕はバイクで走り過ぎ、五十メートルほど離れてから振り返った。男達が車を降りるところだ。ぬいたキイをポケットに落としこみ、ぶらぶら歩いて行く。

やがて駐車場からさほど離れていないビルの一階に消えた。

僕はバイクをUターンさせた。BMWが入ったのは月極の駐車場で、借り主は『グリーン・アイズ様』。彼らが入ったビルを見た。

ナイト・クラブ『グリーン・アイズ』という緑のネオンが僕にウインクをしていた。

4

「おまえのいったBMWは、本牧に住んでいる女の持ち物だった。だがそれは表向きで、買い与えたのは、緑川という、横浜のナイトクラブのオーナーだ」

「ナイトクラブ『グリーン・アイズ』？」

「そうだ」

親父は狭いツインルームのベッドに寝そべって頷《うなず》いた。こういう、ウラわびしいホテルにいても、何となくサマになるというのが、涼介親父の特徴だ。というか、どこでどんな格好で置かれても、この人はサマになってしまう。ただし、マトモなカタギの人間の役だけがつとまらないというのが、息子のつらいところ。

「緑川は、かなり臭い噂がある。ヤクの仲介や、売春ツアーの娘達を運んだり、ハジキの密輸も、やってる、てな」

「ミスター・ジョージのシンパにはぴったりなんじゃない？」

「まさしく」

「となると、『グリーン・アイズ』にもジョージは顔を出してる？」

「多分な。ジョージは、自分の手下を緑川の手下に案内させて、俺やおまえを捜しているのだろうよ」

「じゃあ話は簡単だ。『グリーン・アイズ』を張れば、ジョージのアジトをつきとめられるんじゃない？」

「そうは簡単にいかんだろう」

涼介親父はつんつるてんの浴衣《ゆかた》の胸の上に灰皿をのせ、煙草の煙を吹き上げた。

「アジトに取り引き用のブツが隠してあるとすりゃ、当然、警戒は厳重だ。うかつには近づけん。ジョージの方も目立つような近づき方はしないだろう」

「僕じゃ『グリーン・アイズ』に入れないし、親父は面が割れてる――困ったね」

「………」

親父は腕組みして天井を見あげた。唇をすぼめ考えこんでいる。

「ちょいと汚い手だが、なくもない」

「何？」

「緑川がBMWを買ってやった女を押さえ、そいつを囮《おとり》に緑川を引っ張り出す。緑川を叩《たた》けばアジトの場所はわかるだろう」

「そことジョージをくっつける？」

親父は頷いた。

「でもどうやって？」

「行商人だった頃の技術をちと使うんだ」

親父はいって笑った。

翌日、僕は親父から教えられた山手のマンションを張っていた。緑川が囲っている女の部屋があるのだ。

午後一時過ぎ、シルバーのリンカーン・コンチネンタル（ちと決めすぎの趣味じゃないかい?）がそのマンションの玄関に横づけになると、目付きの悪い兄さんがふたり降り立った。

マンションの内部に吸いこまれ、数分で出て来る。真ん中に、チビの太っちょをはさんでいる。たるんだ頰と垂れた目尻《めじり》はまるでマンガだが、目だけは、冷たくおっかなそうな光を宿していた。

それが緑川であることは、親父の話で一発でわかった。確かに簡単にはどうにかなる、とっつぁんでごていねいにボディガードつきときた。

はないようだ。

女の部屋が八階の八〇二であることはわかっている。外人墓地が見おろせる、最高の立地条件だ。悪い仕事でしこたま稼いだおゼゼで女に買ってやったにちがいない。それで手がうしろに回ったとしても、女の方はなくす物が何もないなんて、本当、男はつらいよね。

女の名は外岡絹代《そとおかきぬよ》。どうせ「パパァ」なんて甘ったるい声を出す、厚化粧のオバハンにちがいない。

さて、どうするか。

僕はリンカーンが走り去った方角を眺め、ハンドルにのせた手で顎《あご》をかいた。

八〇二に上がって行ってピンポーン、というわけにはいかない。

親父は簡単に、

「ナンパしちまえ」といったけど、いくら都立K高一のナンパ師、冴木隆クンだって、そうはうまくいかない。第一、そんなオバハンをひっかけたことは一度もないのだ。

まあ当たって砕けろだ。僕の魅力が通用しないのなら、親父にトライさせるまでの話。

僕はマンションの玄関に貼りついていた。

そのうち、本人が出て来るだろう。いくら囲われ者でも、一日中部屋を出ないということはない。

緑川が出て行ってから、一時間もたたないうちに、マンションの玄関の扉を押して若い女が出て来た。こちらに背を向けて歩き出す、タイトスカートに毛皮のコートのスタイルは、なっかなか悪くない。これが外岡絹代で顔の表側のできも悪くないとすりゃ、楽しいのだけれど——そう思いつつ僕はメットをかぶり、バイクのエンジンをかけた。

とにかく、外岡絹代かどうかは、本人に訊《き》いてみるしかない。

バイクをUターンさせ、女の前まで走らせると、メットを脱いだ。

とたんに——、

「あれっ」

「あらっ」

その女は由衣クンだった。六本木でナンパした昨日とはうってかわった、大人っぽい身なりで、見ちがえていたのだ。

「どうしたの？」

由衣クンは嬉《うれ》しそうに笑って、走りよって来た。

「いや、ちょっと知りあいを捜してこの辺を走ってたんだけど。あのマンションに住んでるの？」

こりゃ、しめこ。外岡絹代のことを何か訊き出せるかもしれない、と僕は思った。

「そうよ、そういや電話番号も住所も教えてなかったもんね」

由衣クンはこともなげに頷いた。

「でもいいよね。こうやってまた会えたんだもん」

可愛い八重歯を見せてくれる。

「ホント。運命だな」

なんて、僕もまるきり調子がいい。

「どこ行くの？」

「うん。暇だから、何となくブラブラ」

つまらなそうに由衣クンはいった。これが他のときなら、じゃまたかっ飛ぼうよ、と誘うのだけれど、今日はそうもいかない。

「ねえ、由衣クン住んでるの何階？」

「八階」

「八階!?　じゃあ外岡さんて知らない？　外岡絹代」

「やだあ、もう冗談ばっかりいって」

「え？」

「いっ、私の名前、調べたの？　本名が古くさくて嫌いだから、由衣って名を使っているのにぃ」

「やだあ、もう」

「どうしたの？」

「いや、こっちのこと」

僕は天を仰いだ。何という偶然。そういえば昨日由衣クンは、

「車を人に貸しちゃったのよ」

といっておったではないか。

「じゃあ、ちょっくらかっ飛ぶ？」

「いいよ。どこに行く？」

「湘南《しょうなん》でも」

「待ってて。それなら洋服着替えるから、一緒に来てよ」

八〇二号室、楽勝のパターン。

バイクを駐《と》め、由衣クンとエレベーターに乗った。

「いいマンションだね。ひとり暮らし？」

わざとらしく訊いてみる。

「ひとりだけど。ときどき、うるさいタコが来るのよ」

「タコ？」

「そう。やくざで中年でデブの助平。お金持じゃなかったら、絶対、駄目なタイプ」

やっぱり男って憐《あわ》れ。

八〇二号室は、由衣クンの好みか、意外にさっぱりと男っぽい内装になっていた。

お料理道具がまったくないのは御愛敬として、凄《すご》いのは総面鏡貼りの寝室と、超巨大サイズのベッドだ。

由衣クンは僕の目の前でさっさと洋服をジーンズに着替えた——もっとも、途中、一時間ほどの休憩時間がはさまれたが。

「若ーい」

僕のツナギのファスナーを上げてくれながら、由衣クンはくりっとした目を輝かせた。

「やっぱり、若い子っていいな。元気だしさ、お腹が出てないし」

僕の一部をなでながらいう。

「あまり元気すぎるのも問題かもよ」

僕がいうと、由衣クンはかぶりを振った。パールピンクの口紅が全部、僕の一部の方に移ってしまっている。

「やっぱ、あのタコと別れちゃおうかな。贅沢《ぜいたく》はできなくなるかもしんないけど、このままじゃ若さがなくなっちゃうもんなあ……」

それが本気なら、いいお話があるのだけど、という言葉を僕は呑《の》みこんだ。

とりあえず僕への社交辞令ということもある。

江の島まで軽くバイクを走らせた。帰りは逗子から葉山を回る。葉山のレストランで夕食を摂りながら、僕は緑川の話をいろいろと訊き出した。

「本業は不動産屋なんだけど、今はナイトクラブの仕事の方が面白いみたいね。税金のかからない稼ぎがいっぱいあるからだ、なんて威張ってるわよ」

「税金のかからない稼ぎ?」

「相当あくどいことをしてるみたいよ。あたしなんか、いつパクられてもいいように、宝石とか毛皮のコート、いっぱい買わせてるんだ。どうせ車やマンションは取られちゃうもんね」

「いつからつきあってんの？」

「一年くらい。あたしも最初、『グリーン・アイズ』のホステスやってたんだ。水商売は高校の頃からバイトでやってたから慣れてるしさ」

「そこで見初められたわけだ」

「気に入ると、無理矢理でも自分のものにしちゃうんだもん。だからあたしも考えたわけ。どうせなら、クレバーにいこうって」

クール。

「でも恐くない？」

「ぜーんぜん。あたしには猫撫《ねこな》で声よ。下の人には威張り散らしているくせに。そういうとこも、あたし嫌いなんだ。別れる前にいつかギャフンていわせてやりたくてさ」

僕は由衣クンの表情を見た。

「本気？」

「本気も本気。何かいいアイデアない？」

「ないこともない。のる？」

「のるのる！」

ほんじゃまあ、てんで僕は親父に連絡をとると、由衣クンを乗っけて川崎まで走った。

親父に会わせる。

「ちょっとう、渋いお父さんねえ」

由衣クンは大ハシャギ。

「息子がお世話になっているそうで」

スーツ姿の親父はキザに頭を下げた。よくいうよ、親子丼されても知らないからね。

「彼女が外岡絹代さん、由衣クンと呼んであげて」

「由衣クンね」

親父は頷《うなず》いて、由衣クンの瞳《ひとみ》をじっと見つめた。父親が女の子をたらしこむときの目付きを見分けられる息子は、世間広しといえども僕くらいのものだろう。

「電話でリュウから少し話を聞いたんですが、パトロンと手を切りたいとか」

「そう。それもギャフンといわせて」

「ぴったりの計画があるんです。しかも、あなたを恨んで追いかけ回されるようなこともない。どうです？」

「本当？　だったら最高！」

由衣クンは目を輝かせた。外見で気に入ってしまえば、親父の正体などにはまったく興味が湧かない様子。

「じゃあ計画をお話ししましょう」

親父の話が始まった。

親父の話は夜中近くまでかかった。由衣クンには計画のすべてを話したわけではない。だが、幾つか重要な役割が、彼女にはある。

話が終わり、僕が由衣クンを山手のマンションに送り届け、ホテルに帰って来ると、親父はテーブルの上にガラクタをひろげていた。

プラスティックの容器にガソリン缶、機械用のグリース油、時計、電池類がちらばっている。

「何それ？」

向かいに、腰をおろすと、ガソリンの匂いが鼻をついた。

「禁煙だぞ」

親父は手短かにいった。グリースをガソリンで溶いている。

ときおり秤《はかり》で目盛りをとりながら、溶き終えたグリースとガソリンの溶液を金属の丸い缶の中に流しこむ。きっちりと蓋《ふた》をしたそれを、今度はプラスティックケースの中に入れた。

「金属セッケンをガソリンで溶かす。すると何ができる？」

親父は息を吐いて訊《たず》ねた。

僕は首を振った。

「物理、化学は苦手でさ」

「ナパームだ。こいつに火をつけると、二、三千度の高温で燃え上がる。たいていのものは灰になる」

「それが行商人のやり方？」

「昔、百科事典の行商をしていてな。作り方が載っていたんだ」

まったく信じられない。僕はもう一度首を振った。

「他のものは何に使うかわかるよ。時限装置だろ」

「そうだ」

「ジョージと緑川をそれで燃やす？」

「そうしてもいいが、それじゃおまえと由衣クンの寝醒《ねざ》めが悪くなる。人は燃やさんよ」

「じゃアジトを？」

「証拠を燃やしちまったら、ブタ箱には送れんさ」

親父はいいながら、てきぱきと時限装置を組み立てていった。ナパームの溶剤が入った缶にセットし（ただし電池はぬいてある）、それをもう一度プラスティックケースの中に納めた。僕はそれを見て、改めて考えこんだ。

この手際のよさ、やっぱり、相当にうしろ暗い過去を背負っておるにちがいない。目の前で息子のガールフレンドを口説いた、同じ父親が、時限装置付きの焼夷《しょうい》爆弾を作り上げる。

そんな環境に育った冴木隆クンが、どうして非行の道に走らないのか。これは不思議なことだよ。

5

翌日の晩、僕と親父は由衣クンから借りた合い鍵《かぎ》で山手のマンションの中に入りこんでいた。

由衣クンは緑川そしてジョージと、夕食に出かけている。

僕と親父は、親父が買いこんで来たツナギを着け、穴をあけた毛糸のスキー帽をすっぽりとかぶっていた。

夕食の間、由衣クンは、ジョージに「クルーザーを見せてくれ」とせがむ予定になっている。

おそらくジョージは、由衣クンの頼みに応じて、レストランから、シーボニアにとめたクルーザーに連れて行ってやるだろう。

午前零時頃、待機していた僕らに、由衣クンから電話が入った。

「うまくクルーザーを見せてもらったわ。泊まりこんでいる船員はひとり。すごく強そうな人だったわよ。いやらしい目であたしの脚や胸見んの。参っちゃう。じき、ジョージとホテルで別れて、そっちへ行くわ。お供は、マンションの入口で返すから……」

それから一時間とたたないうちに、エレベーターが上がって来る音が聞こえた。

親父と僕は顔を見あわせ、ドアの陰に隠れた。キイをさしこむ音がして、緑川が入って来た。とたんに緑川の首筋に親父がごついナイフをつきつける。

「声を出すな」

計画通り、由衣クンも怯《おび》えた顔で口を押さえた。たいした演技だ。

「何だ、貴様ら」

それでもさすがに、緑川は低い声で唸《うな》っただけだった。

僕が素早くドアを閉め、錠をおろした。

「わしが誰だかわかってやってるんだろうな」

緑川はじろりと、おっかない目付きで親父をにらんだ。

「もちろんですよ、緑川さん」

僕は用意して来たロープで緑川を縛り上げた。一応、由衣クンも、ゆるめに縛る。

由衣クンを寝室に連れて行き、ドアを閉めると、僕と親父は床にすわらせた緑川の前に立った。

「あなたに直接恨みはない。ですから素直に協力していただければ、それに越したことはないのですが」

親父はいった。

「何のことだ」

「ミスター・ジョージの運んで来た荷物です」

「何だと？」

「それと、現在の保管場所」

「何者だ、貴様？」

「日本での保管場所は、緑川さん、あなたが提供したのでしょ？」

「何者だといったはずだ」

親父はすっと、ナイフを緑川の喉《のど》に当てた。

「質問するのは私だ。あなたではない」

「誰が答えるか」

「そう。では不愉快な思いをしていただく」

「脅しなぞ通用せん」

緑川は縛られたまま、そっくり返ってみせた。

「一寸刻み、五分だめしにされたとて、貴様らには話さん。第一、こんな真似をして只《ただ》ですむと思うなよ」

「それが嫌なら、あっさりあなたを殺せばカタがつく」

親父はいった。

そのあまりに事務的ないい方に、緑川の顔に一瞬、怯えが走ったのを、僕は見た。

「それに最初にあなたを痛めつけるとは限らない」

親父は覆面の僕を見た。

「この男は口をきけないが、根っからのサドでね。この男に可愛がられた女は、一生使いものにならなくなってしまうという評判だ」

親父の奴、とんでもないことをいい始めた。

「あなたの可愛がっている彼女がそうなってもいいですかな」

仕方がない。僕はせいぜい、いやらしく「グヒヒ」と涎《よだれ》をすってみせた。

緑川の顔が目に見えて蒼《あお》ざめた。気の毒に、相当、由衣クンに熱を上げている様子。

「や、やめろ。何を馬鹿なことを……」

「おい。彼女を好きにしていいそうだ」

僕はまたグヒヒ、と笑ってみせた。こうなればやけだ。とことん、変態の役を通す他ない。

キッチンに行き、何もない料理道具の中から、使えそうな材料はないかと捜した。ひとつだけあった。ワインのコルク抜きだ。それを手にし、ひねくり回しながら、寝室に向かう。

「よせ、おい！　それで何をするつもりだ⁉」

「グヒ、ヒ、ヒ」

何をするつもりなんて、僕にもわかっちゃいない。だが、助平なヒヒ中年にはわかったらしい。大慌てでわめいた。

「大きな声は出さぬように」

僕は寝室のドアを開けた。ベッドに横ずわりになっていた由衣クンにウインクする。

勘のいい娘だ。すぐに叫び始めた。

「いやだ！　パパ、助けて。何するの？　いやあ、お願あい」

「待て、わかった。協力する」

緑川がいった。由衣クンはつまらなそうに唇をすぼめた。どうも、この先を期待していた気配。

僕はドアを閉め、戻った。

緑川が喋《しゃべ》り始めている。

「積荷は、三浦半島にあるわしの別荘のひとつに隠してある」

「中味は？」

「ハジキとヤクだ。ハジキは百挺《ちょう》、大麻とヘロインが二百キロずつ」

「その他には？」

「自動小銃も十挺ばかりある。頼む、あの娘には手を出すな」

「三浦半島のどのあたりか、地図を書いてもらいましょう」

親父は、紙とペンを投げた。

どこからか親父が調達して来たステップバンで、僕らは三浦海岸から油壷にぬける道を走っていた。荷台には縛った上にサルグツワをかませた緑川をころがし、上からキャンバスシートをかぶせてある。

時間は午前四時近く、えらく冷えこんでいる。

親父は膝《ひざ》の上に緑川が書いた地図をのせていた。目ざす別荘は、城ヶ島に近い、岬の突端にある。

「地図によればあと少しのはずだ」

城ヶ島入口を過ぎて、しばらく走らせたところで、親父は車を路肩に寄せた。

「もし本物なら見張りがいる。うかつには近づけん」

「どうするの？」

「俺がこっそり近づいて調べて来る。おまえはここで待っていろ」

「オーケィ」

僕が頷《うなず》くと、親父は運転席から降りた。ツナギの上に濃紺のボンバージャケットを羽織り、夜道を走り出す。

僕はシートにもたれて煙草に火をつけた。もし緑川の書いた地図に偽りがなければ、計画の第二段階だ。

山手のマンションで待っている由衣クンに電話をかけ、ホテルのジョージを叩《たた》き起こさせる。

あとは国家権力の出番とあいなるわけだ。

三十分も待っただろうか。不意に運転席のドアが開き、僕はとび上がった。

親父だった。いつ戻って来たのか、まったく気づかなかった。密輸と爆弾作りの他にも、夜盗もやっていたにちがいない。

「どうだった？」

「まちがいない。見張りは四人いて、二人が日本人で、二人がジョージの手下だ。それぞれひとりずつのペアを組んで張っている」

「やったね」

「電話線を切断して来たから、しばらく外部とは連絡がとれんはずだ」

親父はいって、ステップバンを発進させた。油壺の方角に向けて降りて行く。

ジョージのクルーザー「ジョージ二世号」が停泊しているのは、油壺湾の隣、小網代湾のハーバーだ。

「夜が明ける前に、仕かけちまう。おまえは由衣クンとの連絡を頼む」

海岸線に出ると、親父はいった。ステップバンの荷台には、緑川の他にもうひと組、大きな荷物がのっていた。

親父が開いたそれは、ウエットスーツとアクアラング一式だった。

親父は素早く潜水具を着けると、時限焼夷《しょうい》爆弾の入ったプラスティックケースを抱えた。

海から「ジョージ二世号」に近づき、焼夷爆弾を仕かけるのだ。

マスクをかぶった親父の黒い頭が水面に隠れると、僕はステップバンをUターンさせた。海岸線を走らせ、公衆電話を捜す。

公衆電話を見つけると、バンを駐《と》め、走り寄った。

「……もしもし」

由衣クンが眠そうな声で出て来た。寝ていたとしたら、すごい神経。

「ホテル・グランドに電話してジョージを叩き起こしていいよ」

「えーと、何ていうんだっけ」

「緑川が、取り引きの品物を全部、横取りしようとしている。その証拠に、今、三浦半島の別荘に向かっている。ジョージのヨットも爆弾を仕かけ、粉々にして、ジョージ以下全員を皆殺しにするつもりだ、っていうんだ」

半信半疑のジョージが別荘に連絡をとろうとしても電話線はつながらない。

駆けつけたところでヨットに火災が起きれば、ますますジョージは疑いを深めるだろう。

「そこで、今度は、緑川の事務所に電話をして、誰でもいい、とにかく出た奴に、緑川がジョージに連れ去られたっていうんだ。行く先はやっぱり、三浦半島の別荘。それがすんだら、君は荷物をまとめてバイバイだ」

「オッケイ、わかったわ。任せて。せいぜい迫真の演技をしてみせるわよ」

「待った。ジョージはきっと、どうして自分に知らせてくれたのかって訊《き》く。そうしたら——」

「あなたに痺《しび》れちゃったの、っていうわ」

「上でき。あとはよろしく」

僕はいって電話を切った。バンに戻ろうとして、ドキッとした。

いつの間にか、バンの後部のドアが開いている。荷台をのぞくと、緑川の姿が見えない。

しまった——僕は唇をかんだ。

ロープが残っていないところを見ると、緑川は縛られたまま逃げ出したにちがいない。

どうするか。

緑川はジョージに仕かけたこちらの罠《わな》は知らない。とすれば、真っ先に警戒するのは、別荘だ。部下を叩き起こして、品物を奪われないよう、守りを固めるか、よそに移そうとするか。

僕はバンの運転席にとび乗った。守りを固めるならともかく、品物を移されては元も子もない。

何とかそれを阻止しなければならない。

元来た、岬への道を駆け昇った。途中、緑川の姿も捜したが、とうとう見つからなかった。

親父が残していった地図を見ながら、暗い道を走らせた。

緑川の別荘は、ポツンと一軒だけ離れて、小道から離れたところに建っていた。

道路から別荘に通ずる私道は車一台が通るのがやっとだ。

別荘の明りは消えている。

よかった、緑川より先に着いたのだ。僕は胸をなでおろし、バンの鼻先をその私道につっこんだ。

サイドブレーキをひき、キイをぬく。このバンをどかそうとする努力で、少しは時間が稼げるだろう。ジョージのホテルからなら、この時間飛ばしてくれれば、一時間とはからない。

バンを降り、そっとドアを閉めた。ロックして、キイを藪《やぶ》の向こうへ投げる。

とたんに、

「動くな、小僧！」

荒い息づかいと共に声がかかった。

僕は唇をかんだ。二度目のドジを踏んだ。

振り返ると、物すごい形相の緑川が、拳銃《けんじゅう》を手にしたふたりの男を従えて立っている。

別荘の明りが消えていては、おかしかったのだ。見張りがいるのだから、ついていなくてはならない。

ドジ、間抜け……僕は自分を罵《ののし》った。だがもう遅い。

懐中電灯の光がまともに目を射る。

「動いてみろ、穴だらけにしてやるからな」

独創性のない脅し文句だけれど、銃口を前に聞くと、迫力がある。

僕は黙って頷いた。

「よくもコケにしてくれたな。今度はこっちがいろいろと訊く番だ」

緑川が厚ぼったい拳《こぶし》を振り上げ、僕の頬を殴りつけた。口中に血の味が広がった。

「こっちへ連れて来るんだ」

僕は手下にひきたてられて、別荘への道を進んだ。

玄関に近づくと、白い二階家の一階に明りがともった。

ドアが開き、浅黒い肌をした外国人が二人、僕らを迎え入れた。手にM76サブマシンガンを下げている。

中央の応接間のような広い部屋に、僕は連れこまれた。床にすわらされ、コメカミに拳銃――コルトのガバメント――の銃口をつきつけられる。

緑川が仁王立ちになって僕を見おろした。

「タクシーがつかまったみたいで、よかったね」

僕がいうと、また殴られた。

「口のへらない小僧だ。名を名乗れ」

ここで、デタラメをいっても仕方がない。殺されるか、助かるか、名前はあまり関係がないだろう。

「冴木、冴木隆」

「何、冴木？」

　僕に拳銃を押しあてていた日本人が表情を変えた。

「社長、ミスター・ジョージが捜していたのは、こいつの親父ですぜ」

「何だと、それじゃあ、この小僧と、わしを縛ったのが、ジョージのいっていた男か」

「大当たり」

　僕はいった。

「何者だ、貴様の親父は」

「麻薬捜査官」

　えっというように手下が顔色を変えた。

「社長――」

「馬鹿、うろたえるな。どこのマトリが実の息子を捜査に使う」

「本当は秘密情報部員」

「小僧、へらず口ばかり叩《たた》いていると本当に後悔するぞ」

「わかりました。行商人出身の私立探偵」

「私立探偵だというのは、ジョージに頼まれて調べているときからわかっている。おまえの親父が、ジョージの父親を殺したということもな――」

「そいつはちがうな、緑川さん。ジョージの父親は事故にあって死んだんだ」

全員がぎょっとなって海に面した方の窓を振り返った。親父がウエットスーツ姿のまま、開いた窓から入りこんでいた。

「おっと、撃つなよ。俺が持っているのは、ガソリンゲル――ナパームの原料だ。撃てば、あっという間にここは火の海だ」

親父は、ガソリン缶を抱えていた。

「はったりをぬかすな」

「はったりだと思うなら……」

親父は腕時計をのぞいた。

「窓を見てろよ、三・二・一……」

窓から一望のもとに見おろせる相模湾の一角が突然、輝いた。見る間にそれが火柱に変わる。

「今、皆さんが御覧になっているのは『ジョージ二世号』から打ち上がった花火だ。仕かけたのは俺、材料はこれと同じものさ」

親父が喋《しゃべ》っている間に、どーんという鈍い響きが伝わってきた。

緑川をはじめとする全員の顔に動揺の色が浮かんだ。

「よし、わかったら、銃をそこに捨てて退《さが》れ。早くするんだ！」

「その手には乗らんぞ。わしらが、貴様を撃たなければ、そいつは燃えん。貴様の方こそ、この小僧の頭をぶちぬかれたくなかったら、そいつを捨てろ」

「おやおや」

親父は首を振った。

「こいつには時限装置がついててね。つまり『ジョージ二世号』に仕かけたのと同じ。だからこうしていたって、火を噴くんだぜ」

「そうなれば貴様も燃えるぞ」

「仕方ないな」

膠着《こうちゃく》状態が続いた。やがて、小石を跳ねとばしながら道を昇って来る車の音が近づいて来た。ジョージか、緑川の手下だ。

車は急ブレーキを響かせて停止した。一台ではない。二台、あるいは三台かもしれない。

「おい、見てこい」

緑川が表情を厳しくして、手下にいった。僕にコルトをつきつけていない方の部下が、玄関に駆け寄った。ドアを開けたとたん、銃声が響き、肩を押さえてうずくまる。

「何だ！」

全員が玄関を振り返った瞬間、

「そらっ」

親父がガソリン缶を投げた。

「リュウ！」

僕はコルトを振り払って駆け出した。親父が、外国人のひとりにとびかかり、M76を奪い取ると、天井に向け、乱射した。全員がひるんだすきに、親父が入って来た窓からとび出す。茂みにつっこんだ。

ガソリン缶はカランという音をたてて床にころがったきりだ。ただし、親父のM76の銃声に応《こた》えるように、別荘のそこら中から銃声が響き出した。

どうやらジョージが部下を連れて駆けつけ、クルーザーの火を見て信じこんだようだ。玄関に出て来た緑川の手下を撃ったのも、ジョージにちがいない。

わけがわからないうちに、別荘は銃撃戦の舞台となった。拳銃、自動小銃が入り乱れて弾丸を降らせる。

僕がとび出した窓からも弾丸が数発、空中に向かって飛び去り、あとを追うように親父の体がとび出して来た。

「うっ」

僕は背中で親父を受けとめ、呻《うめ》き声をたてた。あとはただ、銃声につぐ、銃声。

「大丈夫か、リュウ」

「大丈夫。あんたが僕の上からどいてくれるなら」

「よし——」

立ち上がった親父がいきなりM76を撃ちまくった。窓のところから出した銃先を外国人が慌ててひっこめる。

「どうなっちゃうわけ？」

「とにかく、ジョージを逃がさないようにするんだ」

その頃には、激しい銃声を縫うように、サイレンの音がこだましていた。別荘の中で緑川が、

「撃つなーっ、撃つなーっ」

と、狂ったように叫んでいる。僕は親父と別荘を回りこみ、玄関の方をうかがった。僕の駐《と》めたステップバンを盾に、外国人が四人、拳銃を別荘に向け、撃ちまくっている。その中のひとりを、親父が指さした。

「あの、ひとりだけ銃を撃っていない、スーツ姿の若い男がジョージだ」

いかにも頭の切れそうな顔をした、三十五、六の男だ。

「撃つのをやめるな」というように、部下の背を押している。

やがてステップバンの反対側の方角に向けて、ジョージ自身が拳銃《けんじゅう》を撃ち始めた。今度は、緑川の新手が到着したようだ。

そうこうしているうちに、何百人という機動隊が、そこら中から湧き出した。

警官の制服を見ると、とたんに全員が銃を投げ捨てた。撃ちあいが嫌になったようだ。

「国家権力のお出ましだ」

別荘の中と外にいる連中が投降すると、島津副室長と河田が姿を現わした。

親父が玄関の方角に出て行き、僕はそのあとに従った。

「ユウ！　リョースケ・サイキ！」

ジョージが手錠をかけられた両手を上げて叫んだ。親父は肩をすくめ、ジョージにふた言み言、話しかける。殴りかかろうとしたジョージを、機動隊員がひきはがした。

「やったな、冴木」

島津が親父にいった。だが親父はつまらなそうに頷《うなず》いただけだった。

「馬鹿な男だ。俺を殺そうなんて考えなければ、な」

「あのとき、君の流した情報をもとにしたゲリラ狩りで何人かのゲリラが、ジョージの父親に殺された。確か、その中に君の好きだった女性が含まれていたのじゃないか？」

「そう。それも彼女はゲリラなんかじゃなかった。人ちがいだったんだ」

初めて聞いた話だった。親父は首を振ると、僕を見た。

「さてと、リュウ。久しぶりに我が家に帰るか」

「帰ってもいいけどね」

僕は口を尖《とが》らせた。

「この二日間のバイト料、誰が払ってくれるの？」

「国家権力に訊《き》いてみろ」

僕は副室長を見た。副室長がニヤッと笑った。

「マイルドセブンとマイルーラ、あとで山ほど君のもとに届けさせよう」

河田が泡を食ったように副室長を見た。僕は思わず、笑い出した。

まったく、国家権力って、偉大。

セーラー服と設計図

1

お花見を兼ねたツーリングから僕が戻って来ると、お客様が来ていた。

「隆さん、お客様です」

星野ドラキュラ伯爵が首を出し、NS400Rを『麻呂宇』の裏手に駐《と》めようとしていた僕に告げた。

「お客様って——」

ヘルメットを脱ぎ、貸してやった予備のを外そうとしている康子を手伝いながら、僕は訊き返した。

世は春、春休みは終わったばかりだが、花見には絶好のシーズンだ。本日の日曜日、不良中年涼介親父がぼくの親愛なる家庭教師麻里さんを、花見と称して危《ヤバ》いドライブに誘い出そうとしている魂胆は、我が冴木隆CIAにばっちりお見通しだった。そこで、賢明なる隆クンは、喫茶『麻呂宇』のママにして広尾サンタテレサアパートの家主、圭子ママに通報。この佳《よ》き日を、涼介親父は、両手に花で出かけざるをえなくなった。

涼介親父の奴がコソクにも、裏口から麻里さんを連れて脱出しようとした矢先、お弁当の入ったバスケットを抱えた圭子ママが立ち塞《ふさ》がったときの、今朝の表情は見物だった。

「ああら、涼さん！　遅かったわね、こちらから上に上がろうと思ってたのよ」

圭子ママとて、決して美に不自由している女性ではない。いささか年齢を無視したファッションセンスと化粧テクニックをのぞけば、気は良いし、財産家ではあるし、ハードボイルド大好きなおばさんでもあることだし、麻里さんよりは、はるかに親父に釣りあう存在である。

その瞬間、声にならない叫びを喉《のど》の奥で上げた親父は、呼吸困難に陥ったウーパールーパーのような顔で僕を見た。

「隆ちゃんから聞いて、慌ててお弁当作ったんだから！　誘うならもっと早目にいってくれなくちゃ、嫌よ！」

「いや……そ……ママは店が忙しいのじゃないかと思って……」

「あら、星野さんにちゃんと頼んでおいたから大・丈・夫！」

「リ、リュウも行くんだろ⁉」

救いを求める目に、僕はうんと意地悪く笑ってやった。

「生憎《あいにく》、ツーリングの予定が詰まっておりまして、今日は父上に断腸の思いで、両美人をお譲りいたしますです、はい」

奴《やっこ》さんが、息子に殺意を抱いたことは、そのときの表情で明白。泣く泣く、ふたりにはさまれ、がたごとステーションワゴンで出かけて行ったのが十時頃。四時になった今も、帰っていない。

「隆さんのお客様です。何でも学校のお友達とか」

星野伯爵は落ちつき払っていった。康子がじろりと僕をにらむ。

超大物強請屋《ユスリ》の娘で、芸能界デビューが決まっていた彼女をめぐる遺産争奪戦に、我が冴木インヴェスティゲイションが巻きこまれたのが半年前。芸能人になる夢はあっさり捨てたものの、在学中のJ学園のスケ番はそのまま張っている。可愛らしい外見とは裏腹に、えらく気が強く、手も早い。なまじステディな関係になろうものなら、浮気のうの字で拳固《げんこ》が飛んでくるのは請けあい。そこのところに留意して、リュウ君もいまだ一線は越えていない。とはいえ、今日あたりは、康子もそこはかとない期待をしていたようで、じろりの意味は、

「まさか、女じゃないだろうね」

という恫喝《どうかつ》と見た。

さて、「月よりの使者」が遅れているといって、泣きつかれる女の子には、今月のところ心あたりがない。

「男？」

僕の問いに、星野伯爵は重々しく頷いた。

男となるとなおさら、覚えがない。このうららかな日曜、せっせとナンパに励む程度の御学友しか僕には持ちあわせがない。たとえナンパが空振りに終わったとしても、仲間の行きつけの喫茶店で、時間を潰《つぶ》すほど、当節の高校生は暇ではないのだ。

康子に肩をすくめて見せ、僕は『麻呂宇』の表口に回った。

ドアを押すと、カウンターにぽつんと腰かけた男の子の背中が見えた。他にお客はいない。

「お帰りなさい」

改めて星野さんがいい、その男の子が振り返った。色白で小柄、品のいい眼鏡をかけている。

「あ、冴木君」

ほっとしたようにいう。

「おや？」

僕は驚いてみせた。実際、驚きだ。すわっていたのは、クラス一の優等生、鴨居《かもい》一郎《いちろう》だった。世界的に有名な建築家、鴨居雄一の息子で、どだい我がK高校などという落ちこぼれ都立に来ること自体がどこかまちがっているほどの、名門、秀才、なのである。

当然の結果として、僕ごときが口をきけるような関係ではない。噂では、この鴨居は、頭脳は父親譲りなのだが、からきし気が弱く、いつもここ一番の受験で失敗して、K高にまで落ちて来てしまったのだという。

さもなければ、私立カイセーだのアザブに中学から通っていておかしくないほどの頭の持主なのだ。

資本主義国家、日本における階級制度は、中学教育において兆し、高校教育、それも二年を過ぎると、確定的なものになる。即ち、当然のごとく、東大、京大といった国立一流大を目指す鴨居のような生徒と、私大二流、入れるなら三流でも可、という僕とでは、既に身分がちがうのだ。かなた、人生の勝利者のレール、こなた、その他大勢、いるだけ、人の踏み台人生といった具合だ。

それだけの隔たりがある僕と鴨居が、同クラスとはいえ口をきくことすらなく、ましてや日曜の夕方、訪ねあうほどの交友関係などあるはずがない。

「これはいったい何事？」

僕はいいながら、鴨居の隣に腰をおろした。その隣に、康子がすわり、ニコッと笑う。とたんに鴨居はどぎまぎしたような赤い顔になった。

「冴木君、彼女は？」

「友達さ。向井康子」

「よろしく、康子って呼んでいいよ」

康子は、僕の学友に気をつかっているのか、えらいブリッ娘《こ》。

交友関係がないということは、互いに敵意も抱いておらん、ということでもある。

「珍しい、どうしたの？」

僕が訊《たず》ねると、鴨居は困ったようにうつむいた。

「いや、別に……近くに用があってさ、そういや冴木君の家、この辺だったな、と思って……」

「この辺も何も、ここさ。この上のアパートなんだ」

「そっか、ハハ」

どうやら何かいわくありげな気配。僕は康子に目配せした。

「あたしちょっと上に行って来るよ」

「いや、あの、僕、邪魔しちゃったのかな。悪い。いいよ、僕が帰るから」

鴨居が腰を浮かせた。

「まあ、いいじゃん。せっかく来たんだから」

僕はひきとめて、星野さんを見やった。

「伯爵、お腹空《す》いちゃった」

「サンドイッチでも、お作りいたしましょうか」

「いいな、鴨居も食べていけよ。ここのサンドイッチ、すごくおいしいから」

「そうか……悪いな」

「いえいえ、隆さんのお友達とあれば、腕をふるわせていただきます。オニオングラタンスープなぞもおつけして」

「お願い」

康子はその間に、『麻呂宇』を出て行った。

「さて」

僕はいって、鴨居に向き直った。

「本当は、どんな用事なんだ」

「いや……あの、ただ通りすがり……」

「そうじゃないだろ。何かあってのことじゃないのか？」

「実は……そうなんだ……」

鴨居はレノマの眼鏡の奥で気弱に目をしばたたいた。

「どうしたんだい」

「確か、冴木君の家は、探偵やってたよね」

「不良親父？　やってるよ、私立探偵」

「冴木インヴェスティゲイション」

見事な発音で鴨居はいった。『麻呂宇』の天幕《マーキー》の上に掲げられたネオン看板を読んだにちがいない。

「そう」

彼の親父さんの鴨居雄一は世界中をとび回って、議事堂だの宮殿だのホテルを設計している。たまにはくっついて異国に出かけるのだろう。英語の発音が完璧《かんぺき》でも驚くにはあたらない。

その点、同じ外国語の習得でも、怪しげな行商人やら密輸をやっておったらしい我が親父とは、大きなちがいがある。

「お父さんに、仕事、頼めるかな……」

鴨居は、つらそうにいった。

「仕事って、調査のかい?」

「うん、というか……」

「あまりアテにしない方がいいと思うけどね。もう少し詳しく話してみ」

「実は……僕……強請《ユス》られてるんだ」

今にも泣き出しそうな気配。

「どっかの不良にからまれてるってこと?」

「よくわからない。ただ……大変なことになっちゃって」

「どう大変なんだい?」

「それが……」

とうとうこらえきれなくなったのか、鴨居の目がじわっと赤くなった。

相手が男では、肩を抱いてよしよしとやるわけにもいかず、僕は見て見ぬ振りを決めこんだ。こうなると、涼介親父に任せた方がラクかもしれない。

だが当の涼介親父も帰って来ず、鴨居の涙腺《るいせん》も今一歩のところで踏みとどまったようだ。ようやく、鴨居は話し始めた。

それによると——

コトの起こりは、去年のクリスマス、ケイオーの高等部に行った小学校時代の友人に誘われて、ガラにもなく鴨居がディスコに出かけたところから始まる。

同じ高校生でも、その場は鴨居向きの坊ちゃん揃いで、他にも名門私学のお坊ちゃん、お嬢ちゃんがぞろぞろと集まるパーティだったようだ。

そんな中で、頭脳では遅れをとる気はないが、無名都立高生の鴨居は、遊び知らずなことも手伝い、孤立してしまった。ところが、優しくも美しい、某名門女子大附属高校の女の子が彼に話しかけた。それがきっかけで仲良くなり、その日、鴨居は生まれて初めてのチークダンスを踊ることになる。

パーティのあともデートは続く。幸い、一般の都立高生に比べ、外国に出かけることが多い父親から、鴨居はたっぷり小遣いをもらっていて、デート資金には事欠かない。鴨居の母親は、十年ほど前に芸術家気質の父親についていけず、他の若い建築家とドロンを決めこんでいて、文句をいう人間もいないというわけだ。

そうこうしているうちに、鴨居の十代の人生の中で、最もエポックメイキングな瞬間が訪れた。その女子高生と、ついに結ばれたのだ。最近の高校生としては、やや遅きに失するが、ようやく鴨居も大人の仲間入りを果たしたというわけだ。

ところが、事件はここからが核心となる。

「ない」

のひと言で、鴨居は一気に天国から地獄へ。ないとは勿論《もちろん》、彼女の、あるべきモノ。月よりの使者。

しかも、その事実を、相手の両親が知ってしまったというから、真面目な鴨居でなくとも、蒼《あお》ざめる事態だ。怒り狂った、相手の父親が、鴨居を絞め殺さんばかりに脅し上げたのが、つい一週間前である。

鴨居の父親は、現在この瞬間も、アメリカ国防省の何とかビルを作るとかで渡米交渉中。ことのほか厳格なその父親が、「不純異性交遊→妊娠」という最悪のパターンを息子に見出《みいだ》したら、ただでさえ期待を裏切り続けている不肖の彼に、何とするか。考えただけで夜も眠れず、勉強も手につかない（この辺、何もなくても手につかない隆君とのちがい）というのだ。

金で解決がつくものなら、鴨居自身、自分名義の預金を父親からあり余るほど持たされている。

当然、金ではすまない。そこで相手の父親がいい出した条件がスゴかった。

鴨居の父親は、青山に建築事務所を構えている。当の鴨居雄一はアメリカにいて、月に二、三度顔を出す程度だが、所員が常に五名は詰めている。鴨居は無論、そこにはフリーパスだ。それを利用して、設計図を盗んで来い、というのだ。

それも現在、建築中のアメリカの建物のをだ。

いったい何の建物だと訊《き》いて、僕は親父の帰りを待つ気になった。

「対空戦略防衛本部」

これはどう考えても、行商人《スパイ》の領域である。

2

「俺は知らんぞ。リュウのクラスメートが持ちこんだ事件になぞ関われるほどヒマ人じゃないからな」

ロールトップデスクに足をのせ、唇の端に垂らしたペルメルから煙を立ち昇らせながら親父はいった。

「しかし、どう考えても行商人の分野でしょうが」

どうやら親父は、今朝がたの僕の策謀に、許すまじの気持を抱いておる様子。

「どうかな。第一、素人がそんなもの手に入れてどうなるんだ。多少ガラの悪い親父で、その優等生にお灸《きゅう》をすえようってんじゃないのか」

「商売は貿易関係ということになっているけど、はっきりした正体はわからない」

親父が麻里さんを送り、圭子ママと帰って来たのは夜の十時過ぎだった。待ちくたびれた鴨居を一度帰し、僕が事件を説明したのだ。

「おまえね、俺は高校生の不純異性交遊を調べるために探偵をやってはおらんのだ。そういう問題は、教育委員会に提訴しなさい」

まるっきりとりつくシマもない。

「さもなきゃ、クラスメートとしての友情を逸脱しない範囲で、リュウが助けてやるんわざとらしげな大アクビをして親父はいった。

「美女ふたりのお守は疲れたぜ。俺はもう寝るぞ。まあ、おまえが調べてみて、怪しげな気配が出てきたら、知らせろや」

デスクから足をおろし、ボリボリ頭をかいた親父は、観葉植物の待つインランの間にひっこんでしまった。

舌打ちして僕は、デスクの上に残った親父のペルメルの箱に手をのばした。とたんに、インランの間のドアが開き、

「こら高校生、煙草を吸うなら、来週の掃除当番はおまえだぞ」

声がとんできた。

肩をすくめて、箱を戻した僕に、黙って話を聞いていた康子がセーラムの箱をさし出した。

「あたし思ったんだけどさ」

「なあに？」

「その女、本当に女子高生なのかな」

「S女学院大の附属だっていうぜ」

「だって学校に行ってるの見たわけじゃないでしょ」

「そらまあ、そうだ」

「デートのときにいちいち学生証見せるわけじゃないし、フカすのは簡単だよ」

「でもそれをいったら――」

「S女ってのはさ、すごい規則がうるさいんだ。ダンパなんて出たら、即退学だよ」

「なるほど」

「どうも、その兄ちゃんの話聞いてるとハメられたって感じがするんだよね」

「ツツモタセ、美人の局《つぼね》?」

「何それ?」

「いや、古文の時間にちょっと習った言葉。すると親父ってのもマガイ物で、当然、『アタリ』なんてのは大嘘?」

「だってさ、ないとはいわないけど一発でアタリなんてあり?」

　スゴいことをいう。

「一発だろうが百発だろうがアタるときは、アタるさ」

「やけに深刻じゃん。こいつ、覚えがあるな」

「ない、ない。種ナシ西瓜《すいか》の隆クンが、僕の仇名《あだな》でしてね」

「とにかくその女《こ》を少し探ってみたら?」

「妊娠してるかどうか?」

「馬鹿」

　張り手がとんできた。

その翌々日、僕は高校の近くの喫茶店で康子と待ちあわせた。ブレーンの多い康子は、代返で授業を切り上げ、我がサンタテレサアパートに寄って、僕のNS400Rを取って来てくれたのだ。無免許ではあるが、康子のバイクの腕はなかなかのものだ。まあ、「アイドルとスケ番ばかり」といわれているJ学園の番長であるからして、驚くにはあたらない。

鴨居が今日、相手の女子高生とデートするのだ。喫茶店には鴨居も来ている。

「本当に、尾行なんて、できるのかい、冴木君」

「大丈夫。気づかれるようなヘマはしないからさ」

「でも、もし彼女や、彼女の両親に知れたら……」

「高校生がバイクで尾行したとして、それを私立探偵の調査だって、誰が考える？」

「それはそうだけど……」

相手方には、とりあえず、考えさせてくれという時間稼ぎを鴨居の口から打たせてある。もっとも、向こうは向こうで、

「そちらが時間をかければ、かけるほど中絶手術が遅れることになる。そうなれば、鴨居雄一氏に初孫ができたことを世間に訴える他ない」

などと、恐ろしげなことをいってきているが。

「ところで鴨居、君は、その向こうの家に行ったことがあるのか？」

「いや、ないよ。デートのとき、成城の駅までは江美さんを送ってくけど……」

「向こうの父親と会ったときは？」

「ホテル。Pホテルのロビーで」

「ふむ」

僕は鴨居からもらった、相手の父親の名刺を見やった。

「貿易総合商社、グロリアコーポレーション、代表取締役、富樫《とがし》幸雄」とある。オフィスは虎ノ門だ。

「それでデートのコースは？」

「今日は、江美さんがお父さんに内緒で出て来るから、遅くはなれないよ。原宿で待ちあわせて、代々木公園を散歩するくらい」

「向こうも学校帰りかい？」

鴨居は頷《うなず》いた。S女の制服は、カラスのように黒くて地味なセーラー服だ。見失うこともないだろう。

電車で帰るようなら、バイクを康子に預け、成城の駅で待ちあわせるつもりだった。

三人で喫茶店を出、地下鉄の駅で鴨居と別れた。康子にヘルメットを渡し、原宿までかっ飛ぶ。

代々木公園の近くにバイクを駐《と》めると、僕と康子はアベックよろしく原宿の街を歩き回った。

やがて原宿の方角から鴨居とセーラー服の女の子が表参道を降りて来た。通りの向かいから、並行するように、康子と腕を組んだ僕は歩いた。鴨居には、僕らがどこにいるか見当もつかないはずだ。

富樫江美の制服姿を気にしたのか、ふたりは喫茶店にも入らなかった。ただクレープを買い、再び表参道を昇って行く。

代々木公園にふたりが入って行くのを見届けて、僕らはガードレールに腰かけた。

「制服は確かにS女のよ」

康子はいった。

「顔は?」

「S女の顔なんてないわよ。それに、遠くて顔までは見えないもの」

鴨居の話では、ふたりは相思相愛のはずだが、彼のリードが下手なせいか雰囲気は妙にぎごちない。

それを僕がいうと康子は肩をすくめた。

「本当のお嬢なのかもよ」

「君もそう見えなくないぜ」

僕はニヤついていった。今日の康子は、目立たぬよう、フリルのついたニットのワンピースを着ている。お嬢にしても、かなり地味めなお嬢が好みそうなファッションだ。

「ヌイグルミを着てるみたいだよ。こんな気分になるなら、制服の方がよかったよ」

康子の制服は二種類ある。片方は、スカートの裾《すそ》が地面を掃いてまわるほどの〝戦闘服〟、もう片方は膝《ひざ》がばっちり見える〝遊び着〟だ。そんな制服を着られては、私服以上に目立ってしかたがない。

「文句いわないの。協力を申し出たのはそっちだろ」

「あんたひとりじゃ、なんだか頼りないもんね」

よくいうよ。

ホットドッグとソフトクリームを買い、僕らはひなたぼっこを楽しんだ。やがて五時になろうともいう頃あい、公園の向こうの出口にふたりの姿が見えた。

「おうおう、手なんかつないじゃって」

めざとく康子が見つけ、口笛を吹いた。

「ほら、格好を考えて、下品な言動は慎むように」

「エラソーに」

いいあいながら、僕らは尾行を開始した。もし成城に帰るなら、地下鉄千代田線から小田急線直通を使うのが一番早い。

案の定、駅の近くまで来て、つないでいた手こそ放したものの、ふたりは肩を並べて地下鉄の階段を下った。

「バイクは任せたぜ、康子」

「成城の駅だね」

ふた手に別れた。

地下鉄のホームでは、柱を使ってふたりに気づかれないようにし、やって来た電車の隣の箱に乗りこんだ。

ふたりは扉の近くに立ち、無言で見つめあっている。富樫江美の顔を、初めて僕は観察することができた。

下ぶくれのぽっちゃりした顔に切れ長の涼しげな目をしている。校則に従ってか、髪を三つ編みにしているが、なかなかの美形。育ちと知性を、確かにそこはかとなく感じる。

小柄だが、それも抱きしめてやりたくなるような魅力を感じさせる。無論のこと、僕自身高校生であるから、ロリコンでは決してない。同世代の女の子に惹《ひ》かれるのは、至極当然の理。

これがうちの涼介親父あたりになると、いささか変質者の気味となる。

代々木上原でふたりは小田急線に乗りかえ、成城学園前で江美だけが電車を降りた。鴨居は閉まる扉ごしに、名残おしげに手を振っている。脅迫されている、とはいうものの、ワリカシ本気で惚《ほ》れている気配。

僕も電車を降りると江美に続いて改札口を通りぬけた。ひとりになった江美は、ややうつむき加減で早足に歩いて行く。どこから見ても、立派なお嬢さまだ。

ところが駅を出た江美を追いかけ、僕は泡を喰《く》った。てっきり歩いて帰宅すると思った彼女がタクシーに乗りこんだのだ。

慌ててタクシーを捜したが、生憎《あいにく》、続いてはやって来ない。康子よりもこちらの方が早く着いてしまったのだ。

江美を乗せたタクシーが世田谷通りの方角に走り去って行くのを、僕はなす術《すべ》もなく見送っていた。

遅れること十数分、康子の乗ったＮＳ４００Ｒが現われた。

「渋滞に巻きこまれちまったよ」

お嬢ルックでバイクにまたがった康子に、通行人が振り返って見入っている。

僕は溜《た》め息をついた。

「お嬢は？」

「タクシーに乗って消えちゃったよ」

こういうこともある。何もかもがうまくいく、というわけではないのだ。

3

翌日、授業を早退した僕は虎ノ門に向かった。江美の父親が経営する会社がどの程度のものか、見ておくべきと考えたのだ。

高校生にはおよそ縁のないオフィス街をうろつくこと数十分。ようやく僕は「グロリアコーポレーション」のオフィスが入ったビルを見つけ出した。桜田通りから一本奥まった路地に建つ雑居ビルだ。

ツナギにヘルメット、バイクといういでたちは、ここいらではそう目立たない。今流《は》行《や》りのオフィスメッセンジャーがやたら走り回っているからだ。

僕は「グロリアコーポレーション」のワンフロア下に入っているオフィスの名を表示板から書き留めた。ついで、近くにある事務用品店でハトロン紙の大封筒とマジックインキを買い求める。

封筒の表に殴り書きで「光陽通商様」(これがワンフロア下のオフィス)と大書きし、ビルの中に入って行った。

ヘルメットはかぶったままだ。

エレベーターに乗り、「グロリアコーポレーション」の入った七階まで昇る。扉の並んだ廊下を歩き、「グロリアコーポレーション」と記された扉を押し開いた。

封筒を小脇に抱えて、ひと息にいう。

『オフィス・エクスプレス』です。お届け物に上がりました」

正面にガラスの衝立《ついたて》があり、そのこちら側に受付らしきデスクがある。そこにすわっていた女がびっくりしたように顔を上げた。
二十一、二、見るからにアルバイトとわかるトロそうな顔つきをした姐《ねえ》ちゃんだ。
衝立の向こうには人の気配がない。

「あ、はい、御苦労様です」

腰を浮かせた姐ちゃんに僕は裏返しにした封筒をさし出した。

「サインお願いしたいんですが」

事務用品店の領収書をそれらしくつき出す。それでも衝立の向こうから誰かが出て来る気配はない。

「あら、これ、うちじゃないわ」

姐ちゃんがようやく気づいた。

「光陽通商さんて下の階よ」

「え？　あっ、どうもすいません」

素早く封筒を取り返す。

「失礼しました」

いって廊下に出た。どうやら、このオフィスは、完全にダミーと見ていいようだ。

どうも怪しげな気配が強くなってきた。一階まで降りた僕は、バイクにまたがり、今度は成城まで走らせた。今日こそは、まかれないようにしなければならない。

そこで駅の出口をにらみ、江美が改札をぬけて来るのを待った。

三時半、四時、四時半、五時、六時、七時……吐き出される人波の中に、富樫江美の制服姿はない。

十時まで僕は粘った。だが富樫江美は、成城学園前の駅から出ては来なかった。

今日は学校を休んだのか、それともタクシーで直接帰宅したかだ。

あるいは……。

「もう駄目だ。どうにもならないよ。今日、彼女のお父さんから電話があって、これ以上待てないっていうんだ」

鴨居の泣きべそが電話線を伝わってきた。

「向こうは具体的にはどうしろっていってるんだい？」

「明日の夜遅く僕を迎えに来るから、その足で青山の父の事務所へ行こうっていうんだ。鍵《かぎ》は、僕も持ってるし……」

「でも親父さんの事務所に行ったって、設計図や何かは金庫におさまっているんだろ」

僕はロールトップデスクの上に足をのせ、『プロ野球ニュース』に夢中の涼介親父を見やっていった。

「それについては心配するなっていうんだ。盗み出すといっても写真に撮るだけで、絶対に父にはバレないようにやるからって」

「時間稼ぎはできないかな、たとえば親父さんが急に帰って来ることになったとか何とかいってさ」

「無理だよ。どこで調べたのか知らないけど、父のスケジュールを克明に知ってるんだ」

僕は唸《うな》った。くやしいが、富樫親子についての調査はまるきり進んでいないのだ。

「わかった。明日、僕も鴨居と一緒に行くよ。親友だとか何とかいってさ」

「でも、それじゃ冴木君に――」

「冴木インヴェスティゲイションはサービスが良いので有名なんだ」

涼介親父に聞こえるよう、うんと嫌味たらしくいってやった。馬耳東風。

電話を切ると、親父がテレビの画面から目を離さずいった。

「まだ例の美人局《つつもたせ》に関わってるのか」

「おじさんには関係のないことでしょ」

「いざとなったらポリスに駆けこめばすむことだろ」

「本人、かなり真面目なんだ。不純異性交遊のあげく妊娠なんてのが表沙汰《おもてざた》になったら首吊《つ》っちゃうよ」

「おまえの友達にも、そんなにナイーブなのがいたとは驚きだ」

これだ。結局、親父に頼んでもあまり頼りにならなかったのではないだろうか。

そのとき再び電話が鳴った。

「はい、冴木探偵事務所」

「あたし、康子」

声の向こうからは、ドンガラガッタ、やかましいディスコサウンドが聞こえてくる。

「ほいさ」

「妙な話聞きこんだんだ。リュウに知らせようと思って」

「何」

「去年の話なんだけどさ、あたしの連れの、そのまた連れが、S女の子から制服カツアゲてさ、それを結構高く売ったっていうんだ」

「頼まれてかい？」

「そうなんだ。そいつはさ、新宿縄張りにしているバンなんだけど、誰かに頼まれて、S女の子をトイレに引っ張りこんで、制服剝《は》いだんだと」

「ふうん、会ってみたいね」

「タマリ場聞いてあるよ。ただ、直接のあたしの連れじゃないからね。リュウに話してくれっかどうかわかんない」

「今どこ」

「リュウん家《ち》の近く。麻布のデスコ」

「拾いにいくよ」

「待ってる」

電話を切って立ち上がった僕を、親父が見あげた。

「夜間外出は非行の始まりだっていうぞ」

「よくいうよ。S女の制服カツアゲて、高く売っとばしたっていうスケ番がいるらしいんだ。ちいと会って来るわ」

「近頃は女だからって気をぬくと、やられるぞ。気あいはいったのがいるからな。まあ、やられそうになったら口笛でも吹けや」

「助けに来てくれる、とか?」

「――赤チン持って見に行ってやる」

麻布のディスコの前までかっ飛ぶと、タイトのミニスカートをはいた康子が、ナンパ大学生に囲まれていた。

「ねえ、ドライブ行こうよ。どの車がいい? 俺、BMW」

「俺、アウディクワトロ」

「俺はソアラ」

「やっぱり、俺のフェラーリがいいよね」

お金持が揃っていると見える。これ見よがしに、歩道に車を乗り上げていた。

康子は黙っている。そのうちのひとりが、康子の肩を抱いた。イタリアンのシルクっぽいスーツを着た、キザなあんちゃんだった。

「キミ、夜をこんな排ガスくさい街で過ごすテはないよ。葉山にうちのコテージがあるんだ。そこで海を見て飲まないか?」

やれやれ。僕はバイクを駐《と》め、康子の手並みを拝見することにした。

「そうね」

康子は微笑して、相手のネクタイを指にはさんだ。くるりと首の周りに巻きつける。

「でも今度にするわ。ちょいとシメにいかなきゃいけないガキがいるんだ」

「え？」

「こういう具合に！」

相手の首をしめ上げるが早いか、股間《こかん》に膝蹴《ひざげ》りをくらわせた。

「ナメんじゃないよ、このクソガキは！」

思わずしゃがみこんだその男から手を放し、遠巻きにした大学生に向き直る。

「あんたら誰に、ナンパかけてんのかわかってんのかい。人がおとなしくしてりゃ、なれなれしく触りやがって。てめえらの、一本一本、使えねえようにカミソリで詰めてやろうか」

ぶったまげて、口を開いている大学生の頬を張りとばし、康子は車道に降りた。

「何、ニヤついてんだよ」

口を尖《とが》らせる。

「康子と遊びに行くと心強いだろうと思ってさ」

「馬鹿。タマリ場は、歌舞伎町のゲームセンター。奴らウリもやってっから、バックついてると思うよ」

売春女子高校生とやくざ相手の訊《き》きこみというわけだ。僕が本格的な非行に走らないわけがようやくわかってきた。

反面教師が多すぎるからにちがいない。

問題のゲームセンターは、歌舞伎町のどん詰まり、コマ劇場に近い場所にあった。細長い店で、奥に行くほど薄暗くなっている。どう見ても、健全な高校生が宇宙戦争やモグラ叩《たた》きを楽しめる雰囲気じゃない。トルエンの自動販売機があっても、驚くにはあたらないような店だ。

その奥の一角に、お馴染《なじ》みロングスカート、マスク、モジャモジャパーマの一団が鎮座ましましている。わけもなく煙草を吹かし、三角マナコで、通行人をにらんでいた。

そんな中に入って行って、康子の超ミニと僕のツナギが目につかぬはずはない。案の定、気の弱い都立高生隆クンが失禁したくなるような眼が飛んできた。

「あのう、K女学院のナミさんはいらっしゃいますか?」

思いきりへりくだった隆クン。

「何だ、おまえ?」

手前側の方でトグロっていたデブの姐《ねえ》ちゃんが凄《すご》んだ。かわいそうに眉《まゆ》の発毛が芳しくない顔つきをしている。

「何だ、といわれて答えるほどの人間じゃありません。平均的都立高校生でして」

「だからどうしたってんだよ、この野郎」

文部省はいったい何をしておるのか。姐ちゃんは康子に向き直った。

「それからてめえ、何イキがった格好してんだよ」

「まあまあ、僕はただナミさんにお会いしたいだけで」

「ざけんじゃねえぞ！　こら」

「こらっていわれても……。困っちゃうな、康子、通訳して」

康子が進み出た。

「何だよ」

デブの姐ちゃんが鼻白んだ。

「あんたがナミかい？」

康子は静かにいった。

「ナミとは何だよ！　ナミさんに失礼だろうが」

「ちがうのか。じゃあ豚はひっこんでな」

「何を！」

「やかましい！　誰に眼たれてんだい。あたしはJ学園の向井康子だよ」

「げっ」

有名人は便利。腰を浮かせていたお姐ちゃんの顔が蒼《あお》くなった。

「あたしがK女のナミだけど？」

奥の方からかったるげな声がした。ひと目見て、これはイカンと思ったね。色の白さといい、ガリガリの、骨と皮同様の瘦《や》せ方といい、やくざ屋さんとのつきあいが深過ぎる証拠だ。

つまりは覚醒剤《かくせいざい》のやりすぎ。

「何の用だよ、Jの番が？」

ナミは今にも閉じてしまいそうに眠たげな眼を康子に向けた。

「商業の山倉に聞いたんだけどさ、去年、S女の制服、剝いだんだって？」

「ああ、何かそんなことあったね。あいつらお嬢面して気にくわなかったから、一度シメてやろうと思ってたんだ」

「その制服どうした？」

「どっかの変態野郎が十万で買っていったぜ」

「どこの野郎？」

「忘れちまったよ」

「思い出しなよ」

「嫌だよ、面倒くせえ」

聞いてると女同士の会話じゃない。

「あたしは思い出してもらいたいんだ」

「何だよ、あたしに命令するのかい」

康子は身をのり出した。

「別に、あんたたちにアヤつける気はないんだ。名前さえ教えてくれりゃ黙って帰るよ」

「嫌だね。あ、急に、忘れちまった」

ケラケラと取り巻きが笑い声を上げた。

「しようがないですね」

僕はいってナミに歩み寄った。

「何だよ、てめえ」

「僕とツーリングしよう」

ニコッと笑って、ナミの体をかつぎ上げた。

思った通り、鳥ガラのように軽い。

「何すんだ、おろせ！　この野郎」

康子がポシェットから安全カミソリをぬいた。

「騒ぐなよ」

無造作にナミの毛をカミソリですく。

「坊主にしてやっから」

「やめろ！　この野郎」

「動くなっ」

助けを呼ぼうと駆け出しかけた取り巻きに僕はいった。

「表に出たら、このままかついでポリボックスに駆けこむぜ。シャブ中の女子高生の出前ですって」

そのひと言でぴたりと動かなくなった。

「あんたら、あたしらのバックがわかってていってるんだろうね。赤星組が黙ってないよ」

「そうかい？　つまりシャブは赤星組から仕入れてるって、お巡りに話したいわけね」

「どうする？」

康子は、ナミの毛をまたひとつかみ、カミソリですいた。

「わかった、わかったよ。六本木の『アウトランド』ってディスコのマネージャーだよ」

「はい、お疲れ」

僕はナミの体をおろした。

「ときに、そのマネージャーの名前は？」

「……神《じん》だよ。神さんだよ」

「おーやおや」

『アウトランド』の名前が出たときに、もしやと思ったのだ。

どうやら、親父の古馴染《なじ》みと、またぞろ関わりそうな気配。

4

去年の夏のことだ。我が家庭教師、麻里さんの友達で、半導体メーカーの重役の愛人をやっていた舞ちゃんという女子大生が誘拐される事件があった。

誘拐犯グループの目的は、金ではなくそのメーカーの製品で、東側へ禁輸処置がとられているそれらの特殊製品をまとめて身代金がわりに手に入れようとしたのだ。

麻里さんの紹介で親父がのり出し、隆クンの多大なる協力のおかげで、その事件は解決した。犯人グループの親玉と涼介親父がピストルによる一騎打ちをして、親父が勝ったのだ。そのときの、親玉の副官だったのが、六本木の愚連隊の元締めで学生企業くずれの男、神だった。

グループは、金になるのなら科学製品でも人間でも扱うという、かなり危《ヤバ》めの犯罪団。かくいう僕も、その神に、富士の山奥で頭を吹っ飛ばされるところだった。

ナミの口から神の名が出、ようやく鴨居がひどいペテンにかけられていたことがはっきりした。

ゲームセンターを出た僕と康子は、広尾のサンタテレサアパートに向かった。アパートでは涼介親父が歯を磨いている真っ最中だ。

「寝支度かい？」

「ああ、一日中テレビを見てるってのも疲れるな。今夜は早仕舞いさせてもらう」

歯ブラシを頬ばった涼介親父はいった。

「そいつは無理みたいだぜ、おじさん」

「何でだ？」

「おじさんが教育委員会向きって判断した例の美人局《つつもたせ》だけど、おじさんの昔馴染みが関わっているみたいよ」

「昔馴染み？」

歯ブラシの動きが止まった。

「去年の夏の、『関東半導体』の誘拐事件、覚えてる？」

「ああ」

親父は歯ブラシを口からひっこぬいた。

「考えてみりゃ同じような手口だったな」

「あのときに、親父の昔馴染みの片腕をやっていた、神ていう兄ちゃんの名が出てきたよ。S女の制服を手に入れてたんだと」

「やれやれ」

親父は無精ヒゲののびた顎《あご》をボリボリかいた。

「奴らか」

「今度はえらく手がこんでる。パーティを使ってうまく鴨居に近づくところから始めたんだから」

「おおかた設計図の買い手がハナからついていたんだろう」

「どうする？」

康子だけが話が見えないようだ。キョトンとしている。

「あのとき、腕だけでやめたのが失敗だったかな」

親父はバーゲンセールに行きそこねた主婦みたいな後悔の表情を浮かべていった。

ボスとの一騎打ちで、親父は相手の右腕を撃ち、勝ったのだ。

「かわいそうなのは鴨居だよ。何のことはない、最初からハメられてやんの」

「まあ、青春には後悔はつきものだからして」

なんて、親父はてんで軽い。

「進展はどうなってるんだ？」

改めて訊《き》き直した親父に、僕は明日の晩、鴨居が青山の父親の事務所への侵入を手引きさせられる羽目になったことを話した。

「仕方ない。それじゃおまえから鴨居に初恋が失恋に終わったことを説明してやるんだな。奴らがそれ以上脅かすようだったら、その娘がS女学院の生徒じゃなかったことがわかったから警察に駆けこむと、リュウの口からいってやりゃいい」

「親父は出ないの？」

「脅迫のネタがなくなったんだ。奴らにはどうすることもできんさ」

「それで納得する奴らかな」

「まさか」

親父はニヤリと笑った。

「そんな優しい手あいじゃないな」

翌日、授業が終わると僕は鴨居とともに、鴨居の自宅に向かった。鴨居が住んでいるのは、彼の父親が設計したという、要塞《ようさい》のようなコンクリートむき出しの二階家だ。どう考えても人間が住むのに適しているとは思えない。この家の設計図を渡してやっても、奴らは「対空戦略防衛本部」の設計図だと信じるのではなかろうか。

「実はいくつか、わかったことがあるんだ」

鴨居の部屋で（これがすごい。ワープロ、パーソナルコンピュータ、天体望遠鏡、ハイファイセットの類《たぐい》がごっそり揃っている）、お手伝いさんの淹《い》れてくれたコーヒーを前に向かいあうと僕はいった。

「な、何だい」

かわいそうに鴨居はすっかり怯《おび》えきっていた。この上、彼女にだまされていた、なんてことを告げるのはあまりに残酷という気もしたが話さないわけにはいかない。

僕は煙草を取り出した。

「吸う？」

「と、とんでもない。冴木君は煙草なんて吸ってるの!?」

「今どき珍しい高校生だね、君も。まあいいや、灰皿あるかな」

「ないと思うよ、父も吸わないし」

溜《た》め息をついて、僕は煙草をポケットに戻した。

「まあいいや。実はさ、君の彼女なんだけど……」

「江美さんが？」

「彼女は今度の事件についてどう思ってる？」

「何も知らないんだ。彼女のお父さんは、もし僕がいわれてることを彼女に話したら、二度と会わせてくれない、って……」

「どうもそいつは嘘らしいや」

「え？」

「彼女は君が強請《ユス》られていることを知っていると思うんだ」

「なぜ？　じゃあどうして何もいわないのかな」

恋はモーモク。

「まず最初に、彼女はS女の生徒じゃない。高校生かどうかも怪しい」

「そ、そんな……」

「だから妊娠しているということもかなり疑わしい」

「なら、いったい……？」

「つまりは全部、君の親父さんの描いた設計図を手に入れるためのペテン」

「う、嘘だろ」

かわいそうに鴨居は蒼白《そうはく》になった。まったく罪なことをする奴らだ。

「じゃあ江美さんのお父さんというのは──」

「本当の親子じゃないね。多分、グループでそういった〝機密〟を狙っている犯罪組織だと思うよ」

「そんな……そんな……そんなのってあんまりじゃないか」

僕は肩をすくめた。この裏切りのショックで鴨居が女嫌いになり、ひいてはホモに走ったら、奴らの責任は重大だ。

鴨居は両手で顔をおおい、うなだれた。

「同情するよ」

「………」

そのとき部屋のドアがノックされた。

「お友達の冴木さんにお電話が入っております」

お手伝いさんの声だ。

僕は鴨居の肩を叩《たた》いて立ち上がり、彼の勉強机の上に載った親子電話の受話器を取った。

「冴木隆君かね」

渋い中年男の声が流れてきた。

「そうですが、あなたは？」

「富樫江美の父親だ。というよりは、昨年、富士の樹海で君のお父さんと勝負をした人間、といえば思い出すかね」

「やっぱり。うちの親父に撃たれた腕は、その後どうです？」

あっと思ったが、声には出さず僕はいった。落ちつけ、落ちつけ。

「不自由にしておるよ。冴木は元気か？」

「おかげさまで」

「あのときはひどい損害をこうむったが、今度は邪魔させるわけにはいかん」

「僕のことがどうしてわかりました？」

「君のガールフレンドを預かっているんだ。ずいぶんと、その……活発なお嬢さんだが」

康子だ。しまった、僕は唇をかんだ。ナミというあのスケ番が神に知らせたにちがいない。

「君の名を聞いて、すぐに思い出したよ。冴木涼介の養子だとな」

「養子？　何のことです？」

「知らんのか、これは驚いたな。君は冴木涼介を本当の父親だと思っていたのか」

「ちょ、ちょっと待って下さい。僕があの不良中年の息子じゃないとしたら、誰の子なんです？」

含み笑いが聞こえた。

「まあそれは、自分の口で訊いてみることだ。とにかく冴木涼介は結婚などしていない」

「あんたはいつから親父を知ってるんです?」

「ずっと昔からだ。それも冴木に訊くがいい」

「名前は何といえば?」

「私か、どんな名でもいい。そうだな、藤堂とでもしておこうか」

「それで藤堂さん、あんた達のペテンは、すっかり鴨居にはバレてますよ。彼をこれ以上いじめるのは、およしになった方がよろしいんじゃないですか?」

「手をひくのは君ら親子の方だ。あのお嬢さんがどうなっても構わんのかね」

「ずいぶんきれいなやり方をしますね、藤堂さん」

「とにかく冴木にも手をひくように伝えたまえ。今夜が無事に終われば、あのお嬢さんは返そう」

それだけを告げ、男は電話を切った。僕は切れた受話器に悪態をついた。

鴨居が驚いたように顔を上げ、こちらを見やっている。

僕はその向かいにドスンと腰をおろした。こうなりゃ構ってはいられない、煙草を取り出し火をつける。

「あの……」

鴨居がいった。

「僕にも一本もらえるかな」

「でも吸わないんじゃ――」

「吸ってみたいんだ、僕。こうなりゃうんと不良になってやる」

怪しげな雲行き。それでも僕は一本渡した。危なかしい手つきで火をつけると吸いこみ、ひどく咳《せ》きこむ。

咳きこんだ揚句、鴨居はぽろぽろ涙を流した。コーヒーカップの受け皿に煙草をのせ、ごしごしと目をぬぐう。

「た、煙草ってひどく苦いんだね」

鼻声でいった。僕は肩をすくめた。

「ああ。特に最初はね。すごく苦いのさ」

「とにかく康子を助け出さなきゃ動きがとれない。問題は奴らがどこに康子をさらっているかだよ」

僕は涼介親父にいった。

親父はあいかわらずだらしなくロールトップデスクに足をのせている。

とりあえず今後の計画を練るために、僕は鴨居の家から戻って来たのだった。

「藤堂は設計図さえ手に入れれば康子を返すだろう。元は軍人だ、そういう点では潔い男だ」

親父はいった。

「どういう種類の人間なわけ？」

「日本の在外大使館に勤務する駐在武官だったのさ。それが平和に嫌けがさして、行商人渡世にとびこんだ。事故で死んだ、という偽装をしてからな。頭も腕も切れる奴なのだが、ひとつだけ欠点がある。危険が好きなんだ。謀略や破壊工作に長《た》けていて、長けていすぎるのが、奴の欠点なのさ」

「スリル中毒？」

「そんなものだ。まっとうな組織はそんな人間を使わない。危なすぎるからな。だから奴は、自分で自分を消し、自分の思いのままになる組織を作ったのだろう」

「そんな人間とどうしてお知りあいなの、ってのは愚問？」

親父は手を広げた。

「行商で外国に行くとな、いろいろな人間と知りあうものさ」

「それだけかな」

「どういう意味だ？」

「妙なこともいってた。親父さんには結婚歴はない、だから僕は養子だって」

「ふむ」

親父は鼻を鳴らして煙を吹き上げた。

「おまえはどう思う？」

「別に。とんびが鷹《たか》を産むってのがないではないにしてもね。あんたに似てないとは、我ながら思ってたから」

僕は肩をすくめた。

「まあ当面、おまえの親父は俺だろう。他になりたい、っていう人間が現われん限り」

すました顔で親父はいった。

「できれば大金持のお坊ちゃんだったなんてドラマチックな筋書きだといいなあ」

「甘いね」

親父は首を振った。

「この十七年間で、そんなことをいい出した奴はいなかった。これからも——いないだろうな」

「やれやれ。溜《た》め息ついてもいいかい」

今度は親父が肩をすくめた。

5

親父と僕が乗ったステーションワゴンは、六本木の路上に駐《と》まっていた。フロントグラスの真正面に、まだ開店していない、ディスコ『アウトランド』が見える。

「この件で、ひとりだけ名前と職業が周囲に知られている人間がいる」

親父はいった。

「神だ。万一、警察沙汰《ざた》になったとき、今夜のアリバイがどうしても必要になる人間でもある。だから奴《やっこ》さんは、今夜はどうしても仕事に出なけりゃならん」

「青山の鴨居建築事務所襲撃には加わらないわけね」

「そうだ。富樫と名乗った藤堂や、娘を装った女はすべて偽名だし、所在もわかってはいない。だが神だけは、奴らにつながる〝実在〟の人間だからな」

「そういうものなわけ」

「そう、それがプロのやり方だ。藤堂はプロだ。だから今夜の襲撃からは、神を外しているはずだ」

その言葉を裏付けるように赤のフェラーリが交差点を曲がって来て『アウトランド』の前に横づけになった。以前はスティングレイに乗っていたことを考えると、よほどスーパーカーがお好きらしい。

もっとも、降り立った本人も長髪で長身、女性的な顔立ちをした、少女マンガの主人公タイプ。

さっそうとフェラーリのドアを閉め、店のドアをくぐろうとする神に、親父はステーションワゴンを発進させた。

キキッ、ガシャンという音が神にも聞こえたのだろう、ドアを押しかけ振り返った神が蒼白《そうはく》になった。

それもそのはずだ。自慢のフェラーリの後部フェンダーにボロボロのステーションワゴンがめりこんでいる。

ている。

蒼《あお》くなった神の端整な顔が見るまに怒りでひきつる。

大股《おおまた》でワゴンの運転席に歩み寄って来た。親父と僕は、顔を見られぬよう、うつむいている。

「おい、いったいどういうつもりなんだ！」

閉まっているサイドウインドーごしに怒鳴り、神はワゴンのドアノブをつかんだ。

神がワゴンのドアをひき開けた瞬間、親父は顔を上げた。神の表情が凍りついた。

「君のすてきなウエストを狙っているのは、十二番口径のショットガンの銃口だ。去年も同じセリフをいったと思うが、忘れているかもしれないから教えてあげよう。この距離でくらうと、真空掃除機で君を集めることになる」

「さ、冴木……」

「名前は覚えていたとみえるな。おとなしくうしろの席に乗ってもらおう」

「……こんなところで撃てるものか」

「試してみようか？　私の話を聞いていないわけではあるまい？」

「………」

ワゴンのドアと神の体でさえぎられ、親父がつきつけている散弾銃は通行人からは見えない。

「もし走りたければ走って逃げてもいいんだぞ」

親父は静かにいった。

観念したように神は、後部席に乗りこんだ。

「リュウ、運転手はおまえだ」

「無免許でパクられたら、罰金は親父払いだぜ」

僕はいって、ワゴンのフロントを回りこんで、親父と位置を交代した。親父は後部席に銃口を向けたまま、前部席の背を乗りこえ、神の隣にすわった。

「行く先は、君が決めるんだ。いっておくが、俺の指はトリガーにかかったままだ。銃身をつかんで何とかしようとは思わないことだ。オンボロだが、この車を俺は気に入っている。君のハンバーグのもとで駄目にしたくないからな」

「わかったよ」

神は赤い唇をゆがめて吐き出した。

「いい子だ。人質のいるところへ案内してもらおうか」

「二度も藤堂さんの邪魔をして、それで只《ただ》ですむと思うなよ」

「お互いプロだ。私怨《しえん》は残さんことにしている。それにプロはよけいな脅し文句はいわんよ。やるときは黙ってやる。そうだろう？」

涼介親父はあくまでも穏やかだった。

「くそ。東名厚木だよ。外れのモーテルにあのスケ番はいる」

「道案内を頼もうか」

そのモーテルは厚木インターを降りたあと丹沢の方角へ北上した山の中にあった。細い山道に面して、ポツンポツンと建っている。人目を忍ぶアベック相手の一軒だ。バンガロータイプで、それぞれが孤立した駐車場《ギャレージ》付きの構造をしている。

涼介親父の指示で、とりあえず空いた部屋のひとつに僕は車を入れた。あたりはもうすっかり暗くなっているので、中から監視している人間がいたとしても気づかれる心配はない。

いったん部屋の中に入り、ドア越しに料金を払った。康子がつかまっているのは、一番奥の部屋だ、と神はいった。

「見張りは何人だ」

「ふたり。それからナミがいる」

「よし、行こう」

涼介親父は神の肩を叩《たた》いた。中腰でバンガローの間を進む。

目指す一軒の前まで来ると、親父はうしろから神の頭に銃口を押し当てた。

「わかっているな」

神は頷《うなず》いた。

ドアを静かにノックする。静かだった部屋の中で物音がした。

「誰?」

ナミの声だ。

「俺だ、神だ。開けろ」

ドアが細目に開いた。僕は戸口にへばりつき、開いた瞬間、右手をつっこんだ。ナミの頭をつかんでひきずり出す。

「何すん、あっ」

親父が神をつきとばした。つんのめるようにつっこんだ神が叫んだ。

「やれっ、冴木だ！」

奥の、ベッドの上に素っ裸の康子がころがされている。ベッドサイドにいた男たちが上衣《うわぎ》の中から拳銃《けんじゅう》をつかみ出した。

親父が散弾銃の銃口を上に向け発射した。ものすごい銃声が轟《とどろ》いて、天井の偽シャンデリアが砕け散った。

親父は躍りこむと、銃把で立ちすくんでいるひとりの側頭部を殴りつけ、もうひとりを蹴《け》り上げた。普段のものぐさな態度からは、思いもつかないような素早さだ。神が、ひとりが落とした拳銃にとびついた。それをつかみ上げた瞬間、僕が蹴り上げた。

暴発した拳銃の弾丸がガラス張りの壁を粉々にする。

「ようし、終わりだ！」

親父は散弾銃のポンプをスライドさせて叫んだ。

「リュウ、もうひとりの旦那《だんな》からもハジキを取り上げろ」

股間《こかん》を蹴られ、のたうちまわっているおじさんからも僕は銃を取り上げた。

康子は芋虫のように縛られ、口にサルグツワをかまされている。胸のあたりに煙草の火を押しつけられたらしい火傷《やけど》が点々とあった。

僕はポケットナイフで康子のいましめを解いた。

「畜生！」

サルグツワを外したとたん康子は躍り上がって、ナミをつき倒した。

「どうやら、その様子じゃレイプはされていないみたいだな」

「もうちょっとでやられるところだったよ。リュウ、ナイフ貸して」

「駄目」

「大丈夫、殺しはしないから」

「康子、腹立ちはわかるが、ぐずぐずはできないんだ」

「わかったよ。ナミ、制服脱ぎな」

康子は素っ裸で仁王立ちになった。

「何だよ」

「馬鹿野郎、これじゃ帰れないだろう」

康子は、ナミの体から制服を剝《は》ぎとった。

「ついでにおまえら全員も洋服を脱いでもらおうか」

財布から下着まで何ひとつ残さず取り上げると、全員を縛り上げた。部屋の中でぶっぱなしたせいか、銃声にとび出して来る人間もいない。

「完全防音のモーテルで助かったな」

親父はいって神の頬を叩いた。

四人全員を縛り上げ、サルグツワをかませた上で数珠《じゅず》つなぎにすると円型ベッドに寝かせた。

「リュウ、電話線も切っとけ」

室内電話を僕が切断すると、親父は回転ベッドのスイッチを入れた。

並んだ芋虫を乗せてベッドがぐるぐる回り始める。

「多少目が回るかもしれんが我慢しろ。ふた晩も回っていれば、誰かが見に来るさ」

部屋を出ると、親父の指示で、僕は奴らの乗って来た車のタイヤを四本とも切り裂いた。

ステーションワゴンに乗りこむ。

「さて、あとは藤堂だな」

親父はイグニションを回し、いった。

「今度も一騎打ちでカタをつける？」

「簡単にはいかんな」

親父は厳しい表情になっていった。

「クライアントがついている以上、奴は信用のためにも、設計図を手にいれなけりゃならん」

「マッポに任せればいいじゃん」

　康子がいった。

「どうした。普段はつっぱっているくせに、いざとなると警察に頼みこむのか、

「そんなんじゃないよ」

　康子はふくれ面をした。

「これが表沙汰《ざた》になれば、リュウのクラスメートは失恋以上の傷手を負うことになる。それがかわいそうだな」

　親父はニヤリと笑った。

　東名の厚木インターに乗るまで、僕は黙っていた。東名高速に乗ると、これがあのオンボロかと思うようなスピードで、親父はすっ飛ばした。

「康子はどこでつかまったんだ?」

　親父が訊《たず》ねた。

「学校の帰りだよ。あいつら待ち伏せてやがったんだ」

「奴らというのは、あのふたりとナミか」

「それにリュウ達が連れて来た、あの女みたいな野郎」

「言葉遣い、もう少し何とかならないかね」

「うっせえな。しようがないだろ」

「神は襲撃に加わるつもりがなかった。あのふたりは監視役、すると、事務所の襲撃に来るのは——」

「藤堂と娘だな」

親父はいった。

「本当の娘かな」

「ちがう。奴は結婚していない。女のところに落ちつけるタイプの男じゃないんだ」

「誰かさんと同じか」

僕はいった。親父がちらりと僕を見やった。

「思ったんだけどね、おじさんが警察に届けないのは、鴨居の名誉を守るためだけじゃないような気がするんだ」

「他にも理由があるというのか？」

僕は頷いた。

「勝負がしたい——ちがう？」

親父は黙っている。

「結局、藤堂とサシできちんとした勝負をもう一度したかったんじゃない？」

「……かもしれんな」

「あんた達、何の話してんの？」

康子が狐につままれたような表情になった。

「ひょっとしたら、おじさんが行商人をやめたのも、藤堂と同じ気持になったからだったりして」

「そいつはどうかな」

「自分では気づいている、と思うな、俺」

「リュウ」

「何？」

親父はニヤッと笑った。

「おまえは俺の一番大きな欠点を見落としている」

「欠点？」

「そうさ。モノグサだよ。嫌になった、それだけだ。働くのがな」

なるほどね、僕は肩をすくめた。所詮《しょせん》、ヒーロー向きにはできていない人間なわけね。

本当のところは、そのあたりじゃないかと、僕も思っていたのだ。

6

康子は広尾で落とし、鴨居の自宅に着いたのは、夜の十一時過ぎだった。

玄関のチャイムを押すと、鴨居自身が迎えに出て来た。どうやらお手伝いさんは帰ったようだ。

「冴木君」

「遅くなって御免、これがうちの親父」

「康子さんは？」

おや、という表情で親父が僕を見た。自分の身よりも、康子のことを心配していた様子。

「大丈夫、助け出したよ」

鴨居家の応接間で向かいあうと、親父が訊ねた。

「藤堂、いや富樫から連絡は？」

「まだありません」

鴨居は首を振った。

「でも今夜は必ず事務所の方に行くから、と」

「ここへ迎えに来るといったのかね」

「はい」

「じゃあ待とう」

「でも、どうやって……」

「来ればわかる」

午前零時に電話が鳴った。藤堂だった。打ちあわせ通り、鴨居はひとりだと答えた。

ステーションワゴンは、裏手の目立たない場所に駐《と》めてある。

一時には行くから、眠らずに待っていてくれ、と藤堂は余裕たっぷりにいい、電話を切った。

一時きっかりにドアチャイムが鳴った。立ち上がろうとした鳴居を制し、親父が玄関に向かう。

親父がドアのロックを外した。

ドアが開き、去年、確かに親父と勝負をした男が入って来た。四十四、五、仕立てのいいスーツを着て、額が知的な感じに禿《は》げている。右手の先を上衣《うわぎ》のポケットにさしこんでいた。

男——藤堂はさして驚きもせず、迎えた涼介親父を見あげた。

「また、おまえか」

「悪かったな。また邪魔しちまったようだ」

親父はぼそりといった。

「すると、息子さんのガールフレンドは……」

「厚木か。行って来た」

藤堂の表情が険しくなった。

「やったのか」

「いや。神も含めて、誰も怪我はしていない。ただ多少、乗り物酔いするかもしれんが」

「何のことだ？」

藤堂は訝《いぶか》しげに親父を見つめた。親父は肩をすくめた。

「こちらのことだ。で、どうする？」

去年と同じだ。まるで遊びに出かけるのかどうかを相談するような口調だった。

「そうだな。あれ以来、俺は右腕がうまく使えん」

藤堂はポケットに入れたまま右手を目で指した。

「あきらめて帰るか」

「そうはいかん。クライアントがうるさいんでな」

「センター《K・G・B》か？」

「悪いな。そいつはいえん。知っているだろう」

「だろうな」

「信用ということがある。今回失敗すれば、俺はそれを失うことになる」

「どうしても手はひけん？」

藤堂は頷《うなず》いた。

「ならばしかたがないな」

涼介親父は息を吐いた。

「街の真ん中だが……」

「気にすることはない。今度は、どうせどちらかが死ぬ」

藤堂は顔色ひとつ変えずにいった。

「じゃあ、そこらでやるか」

親父はいって三和土《たたき》に降りた。スイングトップの下に、厚木のモーテルで取り上げた拳銃《けんじゅう》をさしこんでいる。

僕はついて出て行った。

鴨居の家の前に黒いクラウンが駐まっていて、助手席に江美がいた。

「あの子は本当は今年二十《はたち》になるんだ。隆君、女は恐いな」

藤堂は振り返って僕にいった。

「あんたのアシスタント？」

「のようなものだ。一番下の妹だ」

「実の妹さんを？」

「いい人材がいなくてね、昨今は」

江美は硬い表情ですわっている。

「さて……」

親父と藤堂は、鴨居の家から肩を並べて歩き出した。

「確かこの先に小さな公園がある。そこでなら、鴨居君にも迷惑はかからんだろう」

「藤堂、妊娠しているというのは？」

「無論、嘘だ。そこまで偽装する必要はないからな」

二人は公園の中に入った。ブランコやすべり台、砂場がある。本当に小さな児童公園だ。

「もうひとつ訊《き》いていいか、藤堂」

「何だ？」

「俺が死んだら、リュウに話すつもりか」

「冴木《おまえ》が望めばな」

僕は目をこらした。二人は僕の親の話をしている。涼介親父は首を振った。

「いや、俺は望まん。奴は俺の息子だよ」

藤堂の口元で白い歯が光った。

「俺はおまえのそういうところが好きだったよ、冴木。この業界には珍しい」

「辞めたんだ」

「いや、おまえは辞めちゃいない。現に辞めていないからこそ、ここでこうして俺と向かいあっている」

「どうでもいい。いくぞ」

「ああ」

二人の体がぱっと離れた。まるで互いに弾《はじ》かれあったかのような動きだった。

藤堂の左手が上衣の下から拳銃をつかみ出した。親父が身を翻す。

消音器をつけたその銃がブスッと音をたてて、ジャングルジムでカーンという高い跳弾音が響いた。
親父の姿がすべり台と砂場の陰に隠れた。
「時間稼ぎは賢くないぞ、冴木」
藤堂が低い声でいった。銃を手に、じりじりと足を踏み出す。ゆっくりと首を巡らし、
次の瞬間、身を躍らせた。
砂場の向こうの植えこみから親父が発砲した。弾丸は藤堂の背をかすめ、ブランコの
支柱に当たった。
二人は同時に立ち上がった。互いの位置を交換するように走り出す。
銃声が交錯した。親父の放った弾丸が藤堂の左肩を射抜いた。一回転した藤堂は、地
面に体を叩《たた》きつけた。
親父が右手に拳銃をぶらさげて、膝撃《ひざう》ちの姿勢から立ち上がった。
藤堂の左手から数センチのところに銃は落ちている。荒い呼吸で藤堂は、親父を見あ
げた。
「命を捨てずにすんだな」
親父はいった。
「どうかな」
藤堂がいって上半身を起こした。上衣の右ポケットで光が走った。
親父の体が宙を舞った。藤堂は右手をポケットからぬいた。小型の拳銃を握りしめて

いる。

その腕を親父めがけてのばした瞬間、仰向《あおむ》けに倒れていた親父がくるりと寝返った。

万歳の形でのびていた両手があわさり、藤堂に向けた拳銃を支えた。

親父の拳銃が火を噴いた。

藤堂の背から血がしぶいた。左胸だった。人形が倒れるようにばたん、という感じで倒れた。

親父が膝をついた。右肩に血の染みが広がっている。

「リュウ」

低い声で親父は僕を呼んだ。

「何だい、とうちゃん」

僕は詰めていた息を吐いた。

「国家権力に電話しろ。俺の昔馴染《むかしなじ》みを呼び出して、あらましを説明するんだ。鴨居君の名が出ないよう、うまく処理して、くれる、はずだ……」

「フクシッチョーだね」

「そうだ」

親父は頷いた。

「それから悪いが、探偵事務所はしばらく休業だ。バイトに、精、出せよ」

「親父！」

「馬鹿、死ぬわけないだろ」

親父は右肩をかばいながら、藤堂に歩み寄った。左手で、藤堂の瞼《まぶた》をそっと閉じてやる。見ていると、振り返らず僕にいった。

「早く行け」

僕は歩き出した。視界の隅で、親父が煙草に火をつけるのが見えた。

探偵稼業、たまにはこんなシビアもあるのだ。

本書は一九九五年に講談社文庫として刊行された
『アルバイト探偵《アイ》』を改題したものです。

アルバイト・アイ
命《いのち》で払《はら》え
大《おお》沢《さわ》在《あり》昌《まさ》

平成25年 5月25日 初版発行
令和7年 7月10日 9版発行

発行者●山下直久

発行●株式会社KADOKAWA
〒102-8177 東京都千代田区富士見2-13-3
電話 0570-002-301(ナビダイヤル)

角川文庫 17966

印刷所●株式会社KADOKAWA
製本所●株式会社KADOKAWA

表紙画●和田三造

●お問い合わせ
https://www.kadokawa.co.jp/(「お問い合わせ」へお進みください)
※内容によっては、お答えできない場合があります。
※サポートは日本国内のみとさせていただきます。
※Japanese text only

ISBN978-4-04-100902-4 C0193

◆◆◆

角川文庫発刊に際して

角川源義

第二次世界大戦の敗北は、軍事力の敗北であった以上に、私たちの若い文化力の敗退であった。私たちの文化が戦争に対して如何に無力であり、単なるあだ花に過ぎなかったかを、私たちは身を以て体験し痛感した。西洋近代文化の摂取にとって、明治以後八十年の歳月は決して短かすぎたとは言えない。にもかかわらず、近代文化の伝統を確立し、自由な批判と柔軟な良識に富む文化層として自らを形成することに私たちは失敗して来た。そしてこれは、各層への文化の普及滲透を任務とする出版人の責任でもあった。

一九四五年以来、私たちは再び振出しに戻り、第一歩から踏み出すことを余儀なくされた。これは大きな不幸ではあるが、反面、これまでの混沌・未熟・歪曲の中にあった我が国の文化に秩序と確たる基礎を齎らすためには絶好の機会でもある。角川書店は、このような祖国の文化的危機にあたり、微力をも顧みず再建の礎石たるべき抱負と決意とをもって出発したが、ここに創立以来の念願を果すべく角川文庫を発刊する。これまで刊行されたあらゆる全集叢書文庫類の長所と短所とを検討し、古今東西の不朽の典籍を、良心的編集のもとに、廉価に、そして書架にふさわしい美本として、多くのひとびとに提供しようとする。しかし私たちは徒らに百科全書的な知識のジレッタントを作ることを目的とせず、あくまで祖国の文化に秩序と再建への道を示し、この文庫を角川書店の栄ある事業として、今後永久に継続発展せしめ、学芸と教養との殿堂として大成せんことを期したい。多くの読書子の愛情ある忠言と支持とによって、この希望と抱負とを完遂せしめられんことを願う。

一九四九年五月三日

角川文庫ベストセラー